Knaur®

Von Dean R. Koontz ist ebenfalls als Knaur-Taschenbuch erhältlich:

»Mike Tucker und der Maya-Fries/... alias Mike Tucker/Mike Tucker auf Tauchstation« (Band 1699)

Deutsche Erstausgabe 1988

Titel der Originalausgabe »Shattered«

Umschlaggestaltung Manfred Waller
Umschlagfoto Sammlung Menningen
Satz Compusatz, München
Druck und Bindung Elsnerdruck, Berlin
Printed in Germany 5 4 3 2 1
ISBN 3-426-01775-X

Dean R. Koontz: Unter Beschattung

Roman

Aus dem Englischen von Joachim Körber

Knaur

Für Lee Wright
als Dank für
viel Freundlichkeit,
Rat und Geduld

Montag

1

Gerade vier Blocks von dem möblierten Apartment in Philadelphia entfernt und noch mehr als dreitausend Meilen zu fahren, bevor sie bei Courtney in San Francisco sein würden, begann Colin eines seiner Spiele. Keines, für das ein Spielbrett und bewegliche Figuren notwendig gewesen wären, sondern eines, das man im Kopf spielte – Wortspiele, Ideenspiele, ausufernde Phantasiespiele. Er war ein gesprächiger und frühreifer Elfjähriger mit mehr Energie, als er loswerden konnte. Schlank, schüchtern in Gegenwart von Fremden, von schwerem Astigmatismus in beiden Augen geplagt, was ihn zwang, ständig eine dicke Brille zu tragen, nicht eben der sportliche Typ. Er konnte sich bei keinem schnellen Fußballspiel austoben, weil keiner der athletischen Jungs seines Alters mit jemandem spielen wollte, der über seine eigenen Füße stolperte, den Ball fallen ließ und schon beim behutsamsten Gerangel verheerend außer Gefecht gesetzt wurde. Außerdem langweilte Sport ihn. Er war ein intelligenter Junge, eine Leseratte, und seine eigenen Spiele machten ihm mehr Spaß als Fußball. Er kniete auf dem Vordersitz des großen Autos, sah zu dem Zuhause, das er für immer verließ, und sagte: »Wir werden verfolgt, Alex.«

»Jetzt eben?«

»Ja. Er parkte weiter unten am Block, als wir die Koffer eingeladen haben. Ich habe ihn gesehen. Jetzt verfolgt er uns.«

Alex Doyle lächelte, während er mit dem Thunderbird in die Lansdowne Avenue abbog. »Große schwarze Limousine, oder?«

Colin schüttelte den Kopf, sein dichter, schulterlanger brauner Haarschopf flog heftig hin und her. »Nein. Eine Art Lieferwagen. Wie ein Pritschenwagen.«
Alex sah in den Rückspiegel. »Ich sehe ihn nicht.«
»Als du abgebogen bist, hast du ihn abgehängt«, sagte Colin. Er preßte den Bauch gegen die Lehne und hielt den Kopf über den Rücksitz. »Da ist er! Siehst du ihn jetzt?«
Fast einen ganzen Block hinter ihnen bog ein nagelneuer Chevrolet-Lieferwagen um die Ecke in die Lansdowne Avenue. Fünf Minuten nach sechs am Montag morgen war er als einziges anderes Fahrzeug unterwegs. »Ich dachte, es wäre immer eine schwarze Limousine«, sagte Alex. »In den Filmen werden die Helden immer von einer schwarzen Limousine verfolgt.«
»Das ist nur in Filmen so«, sagte Colin, der immer noch den einen Block hinter ihnen fahrenden Lieferwagen beobachtete. »Im wirklichen Leben macht niemand so etwas Auffälliges.«
Die Bäume rechts von ihnen warfen lange schwarze Schatten über die Straße und erzeugten ein verwirrendes Flimmermuster auf der Windschutzscheibe. Irgendwo im Osten war die erste Maisonne aufgegangen, aber sie stand immer noch so tief am Himmel, daß Alex sie nicht sehen konnte. Grelles Frühlingssonnenlicht badete die zweigeschossigen Holzhäuser und verlieh ihnen wieder ein neues und frisches Aussehen.
Von der Luft des frühen Morgens erfrischt und erfreut über die ersten Knospen an den Bäumen und angesichts der vor ihnen liegenden Reise fast ebenso aufgeregt wie Colin, glaubte Alex Doyle, daß er in seinem ganzen Leben noch nicht glücklicher gewesen war. Er lenkte den großen Wagen mühelos und genoß die leise Kraft, die seinem Befehl gehorchte. Sie würden lange Meilen auf der Straße hinter sich

bringen; aber der phantasievolle Colin würde ihm sicher mehr Unterhaltung bieten können als viele Erwachsene.
»Er ist immer noch da«, sagte Colin.
»Ich frage mich, *warum* er uns verfolgt.«
Colin zuckte mit den mageren Schultern, drehte sich aber nicht um. »Könnte eine Menge Gründe haben.«
»Sag mir einen.«
»Nun... er könnte gehört haben, daß wir nach Kalifornien ziehen. Er weiß, daß wir unsere Wertsachen mitnehmen, klar? Familienschmuck und so was. Also folgt er uns, drängt uns auf einem einsamen Straßenabschnitt in den Graben und raubt uns aus.«
Alex lachte. »Familienschmuck? Du hast lediglich genügend Kleidung für die Fahrt. Alles andere hat letzte Woche der Umzugswagen abgeholt, oder deine Schwester hat es im Flugzeug mitgenommen. Und ich versichere dir, daß ich nichts Wertvolleres als meine Armbanduhr bei mir habe.«
Colin ließ sich von Doyles Heiterkeit nicht aus der Fassung bringen. »Vielleicht ist er ein Feind von dir. Jemand, der noch eine alte Rechnung zu begleichen hat. Er möchte dich erwischen, bevor du die Stadt verläßt.«
»Ich habe keine wirklichen Freunde in Philly«, sagte Alex. »Aber ich habe auch keine wirklichen Feinde. Und wenn er mich verprügeln will, warum hat er das nicht einfach getan, während ich die Koffer eingeladen habe?«
Flimmernde Spitzen aus Licht und Schatten huschten über die Windschutzscheibe. Vor ihnen wurde eine Ampel gerade so rechtzeitig grün, daß Alex die Mühsal des Bremsens erspart wurde.
Nach einer Weile sagte Colin: »Vielleicht ist er ein Spion.«
»Ein Spion?« fragte Alex.
»Ein Russe oder so was.«
»Ich dachte, heutzutage wären die Russen unsere Freunde«,

sagte Alex, betrachtete den Lieferwagen im Rückspiegel und lächelte erneut. »Und selbst wenn die Russen nicht unsere Freunde wären – weshalb sollte sich ein Spion für dich oder mich interessieren?«

»Das ist einfach«, sagte Colin. »Er hat uns mit jemandem verwechselt. Er hat den Auftrag, jemanden zu beschatten, der in unserem Block wohnt, und hat sich geirrt.«

»Vor einem so unfähigen Spion habe ich keine Angst«, sagte Alex. Er streckte den Arm aus und drehte am Knopf der Lüftung; ein leichter frischer Windhauch wehte durch das stickige Auto.

»Vielleicht ist er kein Spion«, sagte Colin, dessen Aufmerksamkeit von dem unscheinbaren Lieferwagen gefesselt war. »Vielleicht ist er was anderes.«

»Zum Beispiel?«

»Laß mich eine Weile darüber nachdenken«, sagte der Junge.

Während Colin darüber nachdachte, was der Mann in dem Lieferwagen sein konnte, behielt Alex die Straße vor sich im Auge und dachte an San Francisco. Die Hügelstadt war nicht nur ein geographischer Ort, was Alex anbetraf. Für ihn war sie ein Synonym für die Zukunft und ein Symbol für alles, was sich ein Mann in seinem Leben wünschen konnte. Dort wartete sein neuer Job, eine innovative Werbeagentur, die junge und begabte Werbekünstler erkannte und förderte. Dort war das neue Haus, das im spanischen Stil erbaute Stuckgebäude mit den drei Schlafzimmern am Rande des Lincoln Park, mit seinem spektakulären Ausblick auf das Gebiet um Golden Gate und der zerzausten Palme vor dem Fenster des Elternschlafzimmers. Und selbstverständlich war Courtney dort. Wäre sie nicht gewesen, würden ihm das neue Haus und der neue Job nichts bedeuten. Er und Courtney hatten sich in Philadelphia kennengelernt, hatten sich dort ineinander verliebt, hatten im Rathaus an der Market

Street geheiratet, ihr Bruder Colin war Brautführer gewesen und eine Stenotypistin der Rechtsabteilung die erforderliche erwachsene Zeugin. Dann hatten sie Colin zwei Wochen zu Alex' Tante Pauline in Boston geschickt, während die Jungvermählten nach San Francisco in die Flitterwochen gefahren waren, um mit Alex' neuen Arbeitgebern zu sprechen, mit denen er bislang nur telefoniert hatte, und um ein Haus zu finden und zu kaufen, in dem sie ihr gemeinsames Leben beginnen wollten. In San Francisco, mehr als in Philly, nahm die Zukunft Form und Bedeutung an. Und Courtney vermischte sich in Doyles Denken immer mehr mit dieser Stadt. Für ihn *war* sie San Francisco, so, wie San Francisco die Zukunft *war.* Sie war golden und ausgeglichen, exotisch, sinnlich, intellektuell ansprechend, behaglich und dennoch aufregend – alles, was auch San Francisco war. Jetzt, während er an Courtney dachte, sah er die Hügelstraßen und die strahlend blaue Bucht deutlich vor seinem inneren Auge.

»Er ist immer noch hinter uns«, sagte Colin und betrachtete durch die kleine Heckscheibe den Lieferwagen.

»Wenigstens hat er bis jetzt noch nicht versucht, uns in den Straßengraben zu drängen«, sagte Alex.

»Das wird er nicht machen«, sagte Colin.

»Ach?«

»Er wird uns nur verfolgen. Er ist von der Regierung.«

»FBI, ja?«

»Ich glaube schon«, sagte Colin und preßte grimmig die Lippen aufeinander.

»Warum sollte er hinter uns her sein?«

»Wahrscheinlich, weil er uns mit jemandem verwechselt hat«, sagte Colin. »Er hat den Auftrag... Radikale zu beschatten. Er hat unsere langen Haare gesehen und falsche Schlußfolgerungen daraus gezogen. Er denkt, *wir* sind die Radikalen.«

»Nun«, sagte Doyle, »unsere eigenen Spione sind ebenso unfähig wie die russischen, ja?«
Doyles Lächeln war zu groß für sein Gesicht, eine geschwungene Krümmung, die auf beiden Seiten von einem Grübchen beendet wurde. Er behielt das Lächeln bei, weil er sich so verdammt wohl fühlte und weil er wußte, daß es das Beste in seinem Gesicht war. In seinen ganzen dreißig Jahren hatte ihm noch nie jemand gesagt, daß er hübsch war. Obwohl er zu einem Drittel irischer Abstammung war, hatte er zuviel eckigen italienischen Kiefer und zuviel römische Nase. Drei Monate nachdem sie sich kennengelernt hatten, als sie anfingen, miteinander zu schlafen, hatte Courtney gesagt: »Doyle, du bist einfach kein hübscher Mann. Du bist ganz sicher *attraktiv*, aber nicht hübsch. Wenn du sagst, daß ich hervorragend aussehe, dann würde ich das Kompliment gerne erwidern – aber ich kann dich einfach nicht belügen. Aber dein Lächeln ... Nun, *das* ist perfekt. Wenn du lächelst, sieht du sogar ein wenig wie Dustin Hoffman aus.«
Sie waren schon so ehrlich zueinander gewesen, daß Doyle durch ihre Worte nicht verletzt war. Der Vergleich hatte ihm sogar geschmeichelt.
»Dustin Hoffman? Findest du wirklich?« Sie hatte ihn einen Augenblick betrachtet und im schwachen Licht der Nachttischlampe sein Gesicht hierhin und dorthin gedreht. »Wenn du lächelst, dann siehst du *genau* wie Hoffman aus – das heißt, wenn er versucht, häßlich auszusehen.« Er hatte sie wie vom Donner gerührt angesehen. »Wenn er versucht, *häßlich* auszusehen, um Himmels willen?« Sie hatte das Gesicht verzogen. »Ich meine ... nun, Hoffman kann eigentlich gar nicht häßlich aussehen, selbst wenn er es versucht. Wenn du lächelst, dann siehst du wie Hoffman aus, aber nicht so hübsch ...« Er hatte ihr zugesehen, wie sie versuchte, sich aus dem peinlichen Fettnapf freizustrampeln,

in den sie getreten war, und hatte angefangen zu lachen. Sein Lachen hatte sie angesteckt. Wenig später hatten sie wie Idioten gekichert, den Witz ausgebaut und noch komischer gemacht, dann hatten sie sich beruhigt und sehr leidenschaftlich miteinander geschlafen. Seit dieser Nacht versuchte Doyle, möglichst oft zu lachen.

An der rechten Straßenseite zeigte ein Schild die Einfahrt zum Schuylkill Expressway an. »Gönn deinem FBI-Mann eine Pause«, sagte Alex zu dem Jungen. »Soll er uns eine Weile in Frieden verfolgen. Wir nähern uns dem Expressway, daher solltest du dich besser anschnallen.«

»Einen Augenblick noch«, sagte Colin.

»Nein«, sagte Alex. »Zieh den Sitzgurt an, sonst werde ich dich zwingen, auch noch den Schultergurt anzulegen.« Colin haßte es, von beiden Gurten eingeengt zu werden.

»Einen *winzigen* Augenblick«, sagte der Junge und preßte sich noch fester an die Lehne, während Alex das Auto auf die Zufahrt zu der Schnellstraße fuhr.

»Colin...«

Der Junge drehte sich herum und ließ sich auf den Sitz plumpsen. »Ich wollte nur sehen, ob er uns auf den Expressway folgt. Das hat er getan.«

»Natürlich hat er das getan«, sagte er. »Ein FBI-Mann ist nicht an die Stadtgrenze gebunden. Er kann uns überallhin folgen.«

»Durch das ganze Land?« fragte der Junge.

»Klar. Warum nicht?«

Colin lehnte den Kopf gegen die Lehne und lachte. »Das wäre komisch. Was würde er machen, wenn er uns durch das ganze Land folgt und dann feststellt, daß wir gar nicht die Radikalen sind, hinter denen er her ist?«

Oben auf der Einfahrt sah Alex nach Südosten die beiden asphaltierten Fahrspuren entlang. Er trat mit dem Fuß das

Gaspedal durch, sie fuhren in westliche Richtung. »Wirst du den Gurt anlegen?«
»Oh, klar«, sagte Colin und tastete nach der anderen Gurthälfte, die in den Zwischenraum zwischen Sitz und Beifahrertür gerutscht war. »Habe ich vergessen.« Selbstverständlich hatte er es nicht vergessen. Colin vergaß nie etwas. Er legte den Gurt einfach nicht gerne an.
Alex nahm den Blick kurz von dem verlassenen Highway vor ihnen und sah zu dem Jungen, der mit den beiden Hälften des Gurtes rang. Colin verzog das Gesicht, verfluchte den Gurt und schuf sich selbst Probleme damit, so daß Alex genau wußte, was er davon hielt, wie ein Gefangener angekettet zu werden.
»Du solltest besser grinsen und dich damit abfinden«, sagte Alex und grinste selbst und sah wieder auf den Highway. »Du wirst diesen Gurt bis nach Kalifornien tragen, ob es dir gefällt oder nicht.«
»Es gefällt mir nicht«, versicherte Colin ihm. Nachdem er den Sicherheitsgurt angelegt hatte, strich er die Knitterfalten seines King-Kong-T-Shirts glatt, bis die aufgedruckte Fotografie des tobenden Gorillas sich fast in der Mitte seiner schmalen Brust befand. Er strich sich das dichte Haar aus den Augen und rückte die schwere Nickelbrille zurecht, die auf seiner kleinen Stupsnase alle Mühe hatte, sich zu halten. »Dreitausendeinhundert Meilen«, sagte er und betrachtete die graue Straße, die auf sie zu und unter ihnen hinweg rollte. Der Sitz des Thunderbird ließ sich so hoch einstellen, daß er gut sehen konnte. »Wie lange wird es denn dauern, so weit zu fahren?«
»Wir werden nicht herumtrödeln«, sagte Alex. »Wir sollten Samstag morgen in San Francisco sein.«
»Fünf Tage«, sagte Colin. »Kaum mehr als sechshundert Meilen pro Tag.« Das Tempo schien ihn zu enttäuschen.

»Wenn du mich am Steuer ablösen könntest«, sagte Alex, »würde es schneller gehen. Aber alleine möchte ich nicht viel mehr als sechshundert Meilen täglich fahren.«

»Warum ist dann Courtney nicht mit uns gefahren?« fragte Colin.

»Sie richtet das Haus her. Sie hat die Möbelpacker dort in Empfang genommen und kümmert sich um Vorhänge und Teppiche und das alles.«

»Als ich in Boston bei Pauline war, während ihr in den Flitterwochen wart – hast du gewußt, daß das mein erster Flug war?«

»Ich weiß«, sagte Alex. Colin hatte nach seiner Rückkehr geschlagene zwei Tage von nichts anderem gesprochen.

»Das Fliegen hat mir wirklich Spaß gemacht.«

»Ich weiß.«

Colin runzelte die Stirn. »Warum konnten wir diesen Wagen nicht verkaufen und mit Courtney nach Kalifornien fliegen?«

»Du weißt doch, warum«, sagte Alex. »Das Auto ist erst ein Jahr alt. Ein Neuwagen verliert im ersten Jahr am meisten an Wert. Wenn man keinen allzu schlechten Schnitt machen will, dann muß man ihn drei oder vier Jahre behalten.«

»Du hättest dir den Verlust leisten können«, sagte Colin und fing an, einen leisen, aber kontinuierlichen Rhythmus auf dem Jeansstoff über seinem Knie zu klopfen. »Ich habe Courtney und dich sprechen hören. Du wirst ein *Vermögen* in San Francisco machen.«

Alex hielt eine Handfläche von sich, um sie im gedämpften Atem der Lüftungsöffnung am Armaturenbrett zu trocknen. »Fünfunddreißigtausend Dollar im Jahr ist kein Vermögen.«

»Ich bekomme nur drei Dollar Taschengeld«, sagte der Junge.

»Das stimmt«, sagte Alex. »Dafür habe ich dir aber neunzehn Jahre Ausbildung und Erfahrung voraus.«
Die Reifen summten angenehm über den Asphalt.
Auf der anderen Straßenseite schleppte sich ein riesiger Truck in die Gegenrichtung, stadteinwärts. Abgesehen von dem Lieferwagen war das der erste Verkehr, den sie gesehen hatten.
»Dreitausendeinhundert Meilen«, sagte Colin. »Das ist genau ein Achtel der gesamten Strecke rund um die Welt.«
Alex mußte einen Augenblick nachdenken. »Stimmt.«
»Wenn wir weiterfahren und in Kalifornien nicht anhalten würden, dann würden wir ungefähr vierzig Tage brauchen, um die Erde zu umkreisen«, sagte Colin und hielt die Hände um einen imaginären Globus.
Alex erinnerte sich an ein Gespräch mit Courtney. Sie hatte erzählt, wie es war, als der Junge das Wort »umkreisen« zum erstenmal bewußt gehört hatte und wie ihn Klang und Konzept des Wortes fasziniert hatten. Wochenlang war er nicht durch sein Zimmer oder um den Block herum gegangen – er hatte alles »umkreist«. »Nun, wahrscheinlich würden wir mehr als vierzig Tage brauchen«, sagte Alex. »Ich weiß nicht, wie schnell ich auf dem Pazifik fahren könnte.«
Das fand Colin komisch. »Ich meinte, wir könnten es, wenn es eine Brücke gäbe«, sagte er.
Alex sah auf den Tachometer und stellte fest, daß sie nur gemütliche fünfzig Meilen pro Stunde fuhren, zwanzig weniger, als er sich für den ersten Abschnitt der Reise vorgenommen hatte. Colin war ein guter Begleiter. Er war sogar zu gut. Wenn er Alex weiterhin so ablenkte, würden sie einen Monat brauchen, um das verdammte Land zu durchqueren.
»Vierzig Tage«, überlegte Colin. »Das ist halb so lange, wie sie brauchten, als Jules Verne darüber geschrieben hat.«

Er wußte, daß Colin in der Schule ein Jahr vorgezogen worden war und daß seine Lesefähigkeit dennoch der seiner Klassenkameraden um Jahre voraus war; trotzdem war Alex immer wieder erstaunt, was der Junge alles wußte. »Du hast *In achtzig Tagen um die Welt* gelesen, ja?«

»Klar«, sagte Colin. »Schon lange.« Er hielt die Hände vor die andere Lüftungsklappe und trocknete sie, wie er es bei Doyle gesehen hatte.

Wenngleich es eine Kleinigkeit war, verfehlte diese Geste ihren Eindruck auf Doyle nicht. Auch er war ein magerer, nervöser Junge mit stets feuchten Handflächen gewesen. Wie Colin, so war auch er Fremden gegenüber schüchtern gewesen, kein guter Sportler, ein Außenseiter unter seinen Zeitgenossen. Am College hatte er ein rigoroses Gewichthebenprogramm angefangen und war entschlossen gewesen, einen zweiten Charles Atlas aus sich zu machen. Als sein Brustumfang zugenommen hatte und sein Bizeps härter geworden war, langweilte ihn das Gewichtheben, und er machte sich nicht mehr die Mühe damit. Mit einsfünfundsiebzig und achtzig Kilo war er kein Charles Atlas. Aber er war schlank und fest und nicht mehr der knochige Junge. Dennoch war er unsicher bei Leuten, die er gerade kennengelernt hatte – und seine Handflächen waren häufig vor Nervosität schweißfeucht. Tief in seinem Innersten hatte er nicht vergessen, was es hieß, sich seiner selbst immer bewußt zu sein und niemals genügend Selbstvertrauen zu haben. Als er zusah, wie sich Colin die schlanken Hände trocknete, begriff Alex, warum er den Jungen auf der Stelle gemocht hatte und warum sie einander schon bei ihrer ersten Begegnung vor achtzehn Monaten hatten leiden können. Neunzehn Jahre trennten sie. Aber sonst nicht viel.

»Ist er immer noch hinter uns?« fragte Colin und durchbrach damit Alex' Gedankengänge.

»Wer?«
»Der Lieferwagen.«
Alex sah in den Rückspiegel. »Er ist noch da. So leicht gibt das FBI nicht auf.«
»Darf ich nachsehen?«
»Du behältst den Gurt an.«
»Das wird eine schlimme Reise«, sagte Colin mürrisch.
»Ganz sicher, wenn du dich nicht von vornherein an die Spielregeln hältst«, pflichtete Alex bei.
Auf der anderen Seite der Schnellstraße wurde der Verkehr dichter, die ersten frühen Pendler begannen ihren Tag, ab und zu rauschte ein später Truck auf dem letzten Abschnitt einer langen Transportfahrt vorbei. Auf der westlichen Fahrbahn waren ihr Auto und der Lieferwagen immer noch die einzigen Fahrzeuge weit und breit.
Die Sonne stand hinter dem Thunderbird, so daß sie sie nicht stören konnte. Der Himmel vor ihnen wurde lediglich von zwei Wölkchen getrübt. Die Hügel auf beiden Seiten waren grün.
Als sie bei Valley Forge auf die Schnellstraße nach Pennsylvania abbogen und weiter westlich nach Harrisburg fuhren, sagte Colin: »Was macht unser Verfolger?«
»Immer noch da. Armer FBI-Agent, völlig auf der falschen Fährte.«
»Wahrscheinlich wird er seinen Job verlieren«, sagte Colin. »Dann würde für mich einer frei werden.«
»Möchtest du FBI-Agent werden?«
»Ich habe darüber nachgedacht«, gab Colin zu.
Alex scherte auf die linke Spur aus und überholte ein Auto, das einen Pferdetransportwagen zog. Auf dem Rücksitz dieses Autos saßen zwei Mädchen ungefähr in Colins Alter. Sie drückten sich an das Seitenfenster und winkten Colin zu, der errötete und starr geradeaus sah.

»Beim FBI wäre es nicht langweilig«, sagte Colin.

»Oh, ich weiß nicht. Es kann schon ziemlich langweilig sein, wenn man einem Schurken wochenlang folgen muß, ehe er etwas Aufregendes tut.«

»Nun, es kann nicht langweiliger sein, als bis Kalifornien unter einem Sicherheitsgurt zu sitzen«, sagte Colin.

Himmel, dachte Alex, ich bin voll in die Falle hineingetappt. Er scherte wieder in die rechte Fahrspur ein und stellte die automatische Gaskontrolle auf solide siebzig Meilen, so daß sie immer noch gut vorankommen würden, sollte Colin sich wieder als zu interessant erweisen. »Wenn der Bursche, der uns verfolgt, uns auf einem einsamen Straßenabschnitt erwischt und in den Straßengraben drängt, dann wirst du mir danken, daß ich dich den Gurt anlegen ließ. Er wird dir das Leben retten.«

Colin drehte sich zu ihm herum und sah ihn an, und hinter der Brille wirkten seine braunen Augen noch größer. »Ich vermute, du wirst nicht nachgeben.«

»Da vermutest du richtig.«

Colin seufzte. »Du bist jetzt mehr oder weniger mein Vater. Nicht?«

»Ich bin der Mann deiner Schwester. Aber... Da deine Schwester das Sorgerecht über dich hat, könnte man wohl sagen, daß ich wie ein Vater das Recht habe, die Spielregeln festzulegen, an die du dich halten mußt.«

Colin schüttelte den Kopf und strich sich das lange Haar aus den Augen. »Ich weiß nicht. Vielleicht wäre es besser, ein Waisenkind zu sein.«

»Ach, so ist das also«, sagte Doyle voll gespieltem Zorn.

»Wenn du nicht gekommen wärst, dann wäre ich nicht nach Boston geflogen«, gab Colin zu. »Ich würde auch nicht nach Kalifornien gehen. Aber... ich weiß nicht.«

»Du bist einfach zuviel«, sagte Doyle und zerzauste dem Jungen mit einer Hand das Haar.

Mit einem lauten Seufzen, als erforderte es die Duldsamkeit Hiobs, mit Doyle zurechtzukommen, kämmte sich der Junge mit einem Kamm, den er in der Tasche verwahrte, das Haar wieder glatt. Er steckte den Kamm weg und glättete das King-Kong-T-Shirt. »Nun, ich werde darüber nachdenken. Ich bin noch nicht ganz sicher.«

Der Motor war leise. Die Reifen erzeugten fast kein Geräusch auf dem hochwertigen Straßenbelag.
Fünf Minuten verstrichen ohne jede Peinlichkeit; sie fühlten sich in der jeweiligen Gesellschaft so wohl, daß das Schweigen nicht störte. Aber Colin wurde unruhig und fing an, komplizierte Rhythmen auf seinen knochigen Knien zu klopfen.
»Möchtest du das Radio einschalten?« fragte Alex.
»Dann muß ich meinen Gurt aufmachen.«
»Okay. Aber nur eine oder zwei Minuten.«
Der Junge genoß das schlitternde Zurückweichen des Stoffgurts. Einen Augenblick später war er auf den Knien auf dem Sitz und sah zur Heckscheibe hinaus. »Er ist immer noch hinter uns!«
»He!« sagte Alex. »Du sollst einen Sender suchen.«
Colin drehte sich herum und setzte sich. »Nun, wenn ich es *nicht* versucht hätte, dann hättest du gedacht, mit mir stimmt etwas nicht.« Sein Grinsen war unwiderstehlich.
»Stell Musik in diesem Ding ein«, sagte Alex.
Colin drehte an dem Radio bis er einen Rock-Musik-Sender gefunden hatte. Er stellte die Lautstärke ein, dann schnellte er plötzlich wieder auf die Knie und sah nach hinten. »Er bleibt uns auf den Fersen«, sagte er. Dann ließ er sich auf seinen Sitz sinken und griff nach dem Gurt.
»Du bist ein richtiger Tunichtgut, was?« sagte Alex.
»Mach dir um mich keine Gedanken«, sagte der Junge. »Wir

müssen uns über den Burschen Gedanken machen, der uns verfolgt.«

Um Viertel nach acht hielten sie vor einem Howard-Johnson-Restaurant außerhalb von Harrisburg. Kaum hatte Alex den Wagen vor dem Gebäude mit dem orangeroten Dach eingeparkt, hielt Colin nach dem Lieferwagen Ausschau. »Er ist da. Wie ich erwartet habe.«
Alex sah zum Seitenfenster hinaus und erblickte den Wagen, der am Restaurant vorbeifuhr zu der Tankstelle am anderen Ende. Auf der Seite des Chevrolet war mit leuchtend blauen und grünen Buchstaben geschrieben:

AUTOMOVER
BEQUEMES TRANSPORTMITTEL
OHNE ZURÜCKBRINGEN!

Dann war der Lieferwagen nicht mehr zu sehen.
»Komm«, sagte Alex. »Gehen wir frühstücken.«
»Ja«, sagte Colin. »Ich frage mich, ob er die Dreistigkeit aufbringt, uns hinein zu folgen?«
»Er ist nur hergekommen, um zu tanken. Bis wir fertig sind, wird er fast fünfzig Meilen entfernt sein.«
Als sie fast eine Stunde später wieder herauskamen, waren sämtliche Parkplätze vor dem Restaurant belegt. Ein neuer Cadillac, zwei unschätzbare Volkswagen, ein leuchtend roter Triumph-Sportwagen, ein delliger und schmutziger alter Buick, ihr eigener schwarzer Thunderbird und ein Dutzend andere Fahrzeuge standen, Schnauzen voraus, am Wegrand wie eine Reihe verschiedener Tiere an einer Tränke. Der Mietwagen war nirgends zu sehen.
»Er muß seine Vorgesetzten angerufen haben, während wir aßen«, sagte Alex. »Und dabei hat er herausgefunden, daß er die Falschen verfolgt.«

Colin runzelte die Stirn. Er stemmte beide Hände in die Taschen der Jeans und sah die Fahrzeugreihe hinauf und hinab, als wäre er der Überzeugung, der Chevrolet wäre in einer raffinierten neuen Verkleidung da. Jetzt würde er sich ein neues Spiel ausdenken müssen.

Was nicht schlimm war, soweit es Doyle anbelangte. Es war unwahrscheinlich, daß selbst Colin zwei Spiele nacheinander einfallen würden, die es ihm ermöglichten, alle fünfzehn Minuten seinen Gurt zu öffnen.

Sie gingen langsam zum Wagen zurück, Doyle genoß die frische Morgenluft, Colin blinzelte über den Parkplatz und hoffte, den Lieferwagen zu erblicken.

Gerade als sie beim Auto waren, sagte der Junge: »Ich wette, er parkt hinter dem Restaurant.« Bevor Doyle es ihm verbieten konnte, sprang Colin auf den Gehweg zurück und lief um die Ecke des Gebäudes herum, seine Tennisschuhe tapsten laut auf dem Beton.

Alex stieg ins Auto ein, ließ den Motor an und stellte die Klimaanlage eine Stufe höher, damit die schale Luft hinausgeweht wurde, die sich angesammelt hatte, während sie beim Frühstück gewesen waren.

Als er sich angeschnallt hatte, war Colin wieder da. Der Junge machte die Beifahrertür auf und stieg ein. Er war niedergeschlagen. »Da war er auch nicht.« Er schlug die Tür zu und ließ sich mit über der Brust gekreuzten Armen in den Sitz sinken.

»Sicherheitsgurt.« Alex legte den Rückwärtsgang ein und fuhr aus der Parklücke.

Colin legte murrend den Gurt an.

Sie fuhren über den Asphaltbelag zur Tankstelle, wo sie vor den Zapfsäulen hielten, um den Tank vollzumachen.

Der Mann, der herausgeeilt kam, um sie zu bedienen, war Mitte Vierzig, ein fleischiger Farmertyp mit gerötetem Gesicht und schwieligen Händen. Er kaute Tabak, in Philly oder San Francisco kein üblicher Anblick, und er war fröhlich. »Kann ich euch helfen, Leute?«

»Normal, volltanken, bitte«, sagte Alex und reichte seine Kreditkarte durch das Fenster. »Wahrscheinlich ist der Tank ohnehin noch halb voll.«

»Klare Sache.« Vier Buchstaben – CHET – waren über die Brusttasche des Mannes gestickt. Chet bückte sich und sah an Alex vorbei zu dem Jungen. »Wie geht's uns denn, Chef?«

Colin sah ihn ungläubig an. »F-f-fein«, stotterte er.

Chet entblößte einen Mund voll schlechter Zähne. »Freut mich zu hören.« Dann ging er nach hinten ans Auto, um zu tanken.

»Warum hat er mich Chef genannt?« fragte Colin. Er hatte seine Ungläubigkeit überwunden, sie war Verlegenheit gewichen.

»Vielleicht hält er dich für einen Indianer«, sagte Alex.

»Oh, klar doch.«

»Oder für den Boß der Feuerwehr.«

Colin drückte sich in den Sitz und sah ihn verdrießlich an. »Ich hätte mit Courtney im Flugzeug fliegen sollen. Fünf Tage lang werde ich deine schlechten Witze nicht aushalten.«

Alex lachte. »Du bist einfach zuviel.« Er wußte, Colins Wahrnehmung und Vokabular waren seinem tatsächlichen Alter weit voraus, er hatte sich an den manchmal verblüffenden Sarkasmus des Jungen und seine mitunter überlegene Ausdrucksweise gewöhnt. Aber dieses spöttische Geplänkel hatte etwas Gezwungenes an sich. Colin versuchte mit aller Gewalt, erwachsen zu werden. Er ließ die Kindheit hinter sich und versuchte zähneknirschend, durch Willensanstrengung die Pubertät hinter sich zu bringen und ein Erwachsener zu sein. Doyle war mit dieser Haltung vertraut, denn sie entsprach seiner eigenen, als er in Colins Alter gewesen war. Chet kam zurück und reichte Doyle Kreditkarte und Zahlungsbeleg auf einer harten Plastikunterlage. Während Alex den Kugelschreiber nahm und seinen Namen darunter kritzelte, betrachtete der Tankwart wieder Colin. »Lange Reise vor uns, Chef?«

Colin war diesmal ebenso durcheinander wie bei der ersten Annäherung Chets. »Kalifornien«, sagte er und betrachtete seine Knie.

»Nun«, sagte Chet, »ist das nichts? Du bist der zweite innerhalb einer Stunde, der auf dem Weg nach Kalifornien ist. Ich frage immer, wo die Leute hinwollen. Das gibt mir das Gefühl, ihnen weiterzuhelfen, weißt du? Vor einer Stunde reist dieser Bursche nach Kalifornien und jetzt ihr. Alle reisen nach Kalifornien, nur ich nicht.« Er seufzte.

Alex gab ihm seine Unterlage wieder und steckte die Kreditkarte ein. Er betrachtete Colin und sah, daß der Junge mit aller Konzentration einen Fingernagel mit einem anderen säuberte, damit er etwas hatte, auf das er den Blick richten konnte, sollte Chet die einseitige Unterhaltung fortsetzen wollen.

»Und weiter geht's.« Chet reichte Alex die Quittung. »Bis zur Küste?« Er schob den Kautabakpfriem von der linken Seite des Mundes in die rechte.

»Ganz recht.«

»Brüder?« fragte Chet.

»Bitte?«

»Sind Sie Brüder?«

»Oh, nein«, sagte Alex. Er wußte, es war weder Zeit noch Grund, seine Beziehung zu Colin ausführlich zu erklären. »Er ist mein Sohn.«

»Sohn?« Chet schien das Wort noch nie gehört zu haben.

»Ja.« Auch wenn er nicht Colins Vater war, er war alt genug, daß er es hätte sein können.
Chet betrachtete Doyles drahtiges Haar, das sich über seinen Kragen ergoß. Er studierte kritisch Doyles Hemd mit dem grellbunten Muster und den Holzknöpfen. Alex hätte dem Mann fast gedankt, daß er ihn für zu jung hielt, einen Sohn in Colins Alter zu haben – dann merkte er aber, daß sich die Stimmung des Tankwarts verändert hatte. Der Mann wollte nicht sagen, daß Doyle zu jung war, um Vater eines Elfjährigen sein zu können, sondern daß ein Vater ein besseres Beispiel abgeben sollte. Als Colins Bruder konnte Doyle seltsam aussehen und sich auffällig kleiden, aber wenn er Colins Vater war, so war das unangemessen – jedenfalls schien Chet dieser Meinung zu sein.
»Ich dachte, Sie wären zwanzig, einundzwanzig«, sagte Chet und walkte den Tabak mit der Zunge.
»Dreißig«, sagte Alex und fragte sich, weshalb er sich überhaupt die Mühe einer Antwort machte.
Der Tankwart betrachtete das schmale schwarze Auto. Seine Augen nahmen einen grimmigen Blick an. Er war eindeutig der Meinung, daß es in Ordnung war, wenn Doyle einen Thunderbird fuhr, der seinem Vater gehörte, es aber ganz anders aussah, wenn Doyle selbst der Besitzer war. Wenn ein Mann, der wie Doyle aussah, sich einen Luxuswagen und Reisen nach Kalifornien leisten konnte, wogegen ein Arbeiter, der eineinhalbmal so alt war wie er, das nicht konnte – dann gab es keine Gerechtigkeit. »Nun«, sagte Alex, »schönen Tag noch.«
Chet trat auf die Zapfsäuleninsel zurück, ohne ihnen eine gute Fahrt zu wünschen. Er betrachtete das Auto stirnrunzelnd. Als das elektrisch betriebene Fenster mit einer glatten Bewegung hochglitt, vertiefte sich dieses Stirnrunzeln noch, die Furchen wuchsen zusammen wie Metall in einem Ätzbad.

»Was für ein netter Kerl.« Alex legte den Gang ein und fuhr los.
Als sie wieder auf der Schnellstraße nach Westen fuhren, lachte Colin plötzlich laut.
»Was ist denn so komisch?« fragte Alex. Er zitterte innerlich mit einer Wut, die in keinem Verhältnis zu dem stand, was Chet getan hatte. Tatsächlich hatte der Mann ja gar nichts getan, davon abgesehen, daß er wortlos ein Vorurteil offenbart hatte.
»Als er sagte, du siehst wie einundzwanzig aus, da dachte ich, er würde dich auch Chef nennen, so wie mich«, sagte Colin. »Das wäre toll gewesen.«
»Aber sicher! Das wäre schlichtweg hysterisch gewesen!«
Colin zuckte die Achseln. »Du dachtest, es wäre komisch, als er *mich* Chef genannt hat.«
Als Doyles Zorn und Furcht verrauchten, wurde ihm klar, daß seine eigene Reaktion auf den unausgesprochenen Haß des Tankwarts nur eine mildere Form der Überreaktion war, die Colin angesichts der freundlichen Unterhaltung des Mannes gezeigt hatte. Hatte der Junge hinter die Fassade von Chets freundlichem, volkstümlichen Gehabe auf den nicht so freundlichen und volkstümlichen Kern gesehen? Eigentlich war es einerlei. Wie auch immer, die Tatsache blieb jedoch, daß ihnen beiden ein Unrecht zugefügt worden war. »Ich entschuldige mich, Colin. Ich hätte niemals den vertraulichen Ton dulden sollen, mit dem er sich an dich herangemacht hat.«
»Er hat mich behandelt, als wäre ich ein Kind.«
»Das ist eine Falle, in die Erwachsene sehr leicht tappen«, sagte er. »Aber es ist nicht richtig. Wirst du meine Entschuldigung akzeptieren?«
Colin war besonders ernst, er saß aufrecht und steif da, denn dies war das erste Mal, daß ein Erwachsener ihn um Ent-

schuldigung bat. »Ich akzeptiere sie«, sagte er feierlich. Dann erhellte ein breites Grinsen sein ernstes Gesicht. »Trotzdem wünschte ich, er hätte dich auch Chef genannt, so wie mich.«

Dicke Pinien und Ulmen mit schwarzen Stämmen drängten sich jetzt am Straßenrand und wiegten sich sanft im Frühlingswind.

Der Highway stieg fast eine Meile lang an. Auf der Kuppe fiel er nicht wieder ab, sondern erstreckte sich über eine flache Ausdehnung, bis er nach etwa einer Meile erneut anstieg. Der Wald ragte immer noch auf, die hohen, geraden Pinien wie in einer Parade, die gedrungenen Ulmen wie Generäle, die die Truppe inspizierten.

Auf halbem Weg an dieser flachen Ausdehnung, rechter Hand, befand sich ein Parkplatz. Dort war das Unterholz unter den Bäumen entfernt worden. Ein paar Holztische – an Betonsockeln verankert, um Diebstahl zu verhindern – und mehrere Mülleimer befanden sich in regelmäßigen Abständen unter den Pinien. Ein Schild wies auf öffentliche Toiletten hin. Um diese Zeit befand sich niemand an den Tischen. Aber am westlichen Ende dieses Miniaturparks, am Rand der Einfädelspur, die wieder auf die Schnellstraße führte, stand der Lieferwagen.

AUTOMOVER
BEQUEMES TRANSPORTMITTEL
OHNE ZURÜCKBRINGEN!

Es war zweifellos derselbe Lieferwagen.

»Da ist er wieder!« sagte Colin und drückte die Nase an die Scheibe, während sie mit siebzig Meilen pro Stunde an ihm vorbeirasten. »Er ist es tatsächlich!«

Doyle sah in den Rückspiegel und beobachtete, wie der

Lieferwagen anfuhr und auf die Hauptstraße scherte. Er beschleunigte rasch. Drei oder vier Minuten später hatte er sie eingeholt und folgte ihnen wie zuvor in einem Abstand von etwa einer Viertelmeile.

Doyle wußte, daß es nur ein Zufall war. Colins Spiel hatte keinen Wirklichkeitsgehalt. Es war ebenso ein Hirngespinst wie alle Spiele, die er früher mit dem Jungen gespielt hatte. Niemand auf der Welt hatte etwas gegen sie. Niemand auf der Welt hatte einen Grund, ihnen mit bösen Absichten zu folgen. Zufall...

Dennoch kroch Kälte wie eine imaginäre Eisschicht seinen Rücken empor.

2

George Leland fuhr den gemieteten, sechs Meter langen Chevrolet-Lieferwagen, als würde er einen Kinderwagen schieben, nicht einmal die Möbel und Haushaltsgeräte, die in den Frachtraum hinter dem Vordersitz gepackt waren, klapperten. Das Land huschte vorbei, die Straße summte unter ihm, und Leland hatte alles fest im Griff.

Er war mit Trucks und anderen großen Maschinen aufgewachsen, und er hatte ein besonderes Talent dafür, sie so zum Laufen zu bringen, wie sie laufen sollten. Auf der Farm in der Nähe von Lancaster hatte er schon mit dreizehn Jahren den großen Heutraktor gefahren, wobei er über die Felder fuhr und dabei die Heuballen einsammelte. Bevor er die High School absolviert hatte, hatte er die Mähmaschine, Egge, Pflug und andere kräftige Maschinen bedient, die eine Farm während ihres Zyklus vom Säen zum Ernten und wieder zum Säen brauchte. Als er am College gewesen war, hatte er sein Studium damit finanziert, daß er einen Lieferwagen fast wie den gefahren hatte, mit dem er nun durch Pennsylvania raste. Später, als er älter war, hatte er zwei Sommer lang einen ausgewachsenen Laster für eine Ölfirma gefahren und weder diesem Truck noch einem anderen Auto auch nur den kleinsten Kratzer zugefügt. Nach dem zweiten Jahr hatte ihm die Ölfirma einen Job angeboten, aber er hatte natürlich abgelehnt. Ein Jahr später, als er sein zweites Examen zum Bauingenieur ablegte und seinen ersten richtigen Job annahm, sprang er häufig auf eine der großen Grabemaschinen und fuhr sie selbst – nicht weil er sich Sorgen machte, daß die Arbeit schlecht ausgeführt wurde, sondern weil es ihm gefiel, mit den Maschinen umzugehen, weil er es liebte, sie sicher im Griff zu haben.

Heute, Montag, war er den ganzen Morgen und auch nach Mittag mit dem Lieferwagen westwärts gefahren. Er wahrte immer einen konstanten Abstand zu dem Thunderbird. Wenn dieser bremste, bremste er auch. Wenn er beschleunigte, holte er rasch auf. Der Thunderbird fuhr aber größtenteils konstante siebzig Meilen pro Stunde. Leland wußte, daß der mit allen Schikanen ausgestattete T-Bird, Luxusausführung, eine einstellbare Geschwindigkeitskontrolle am Steuer hatte, die das Fahren über weite Strecken weniger anstrengend machte. Wahrscheinlich hatte Doyle dieses Gerät eingeschaltet. Aber das war einerlei. Mühelos und geschickt hielt George Leland mit dieser automatisch kontrollierten Geschwindigkeit Schritt, fast so, als wäre er selbst eine Maschine.

Leland war ein großer Mann, ein Meter siebenundachtzig groß und über zweihundert Pfund schwer. Er war einst noch ein paar Pfund schwerer gewesen, aber er hatte abgenommen, weil er vergaß, regelmäßige Mahlzeiten einzunehmen. Seine breiten Schultern hingen mehr herunter als früher, die schmale Taille war noch schmaler. Er hatte ein kantiges, von blonden, fast weißen Haaren eingerahmtes Gesicht. Seine Augen waren blau, die Haut rein, abgesehen von ein paar Sommersprossen rund um die breite Nase. Sein Nacken bestand nur aus Muskeln, Sehnen und knotigen Venen. Wenn er mit seinen großen Pranken das Lenkrad umklammerte und sein Bizeps dabei unter der unbewußten Heftigkeit des Griffs vortrat, dann sah er absolut reglos aus, als wäre er an dem Fahrzeug festgeschweißt.

Er schaltete das Radio nicht ein.

Er betrachtete die Landschaft nicht.

Er rauchte nicht, kaute Kaugummi oder redete mit sich selbst.

Meile für Meile galt seine ganze Aufmerksamkeit der Straße, dem Auto vor ihm, der Maschine, die rings um ihn herum zufrieden summte. Während der ganzen Fahrt dachte er nicht ein einziges Mal speziell an den Mann und den Jungen im Thunderbird. Seine Gedanken waren, abgesehen vom Fahren, vage und allgemein. Er wurde weitgehend von einem allumfassenden Haß erfüllt, der keinen besonderen Brennpunkt hatte. Irgendwie würde das Auto vor ihm einmal zu diesem Brennpunkt werden. Das wußte er. Aber augenblicklich folgte er ihm einfach nur, wie eine Maschine.

Nach Harrisburg fuhr der Thunderbird auf der Schnellstraße nach Westen, wechselte auf die Interstate 70 über und durchquerte den nördlichsten Ausläufer von West Virginia. Nach Wheeling, gerade eben in Ohio, signalisierte das Auto seine Absicht, die Ausfahrt in ein Gebiet mit Tankstellen, Motels und Restaurants zu nehmen.

In dem Augenblick, als er den Blinker sah, bremste Leland den Lieferwagen ab und blieb eine Meile hinter Doyle zurück. Als er eine Minute nach dem Thunderbird in die Ausfahrt fuhr, war der große Wagen nirgendwo zu sehen.

Am Ende der Ausfahrt zögerte Leland nur einen Augenblick, dann wandte er sich nach Westen, wo die Touristikunternehmen am dichtesten waren. Er fuhr langsam und hielt nach dem Auto Ausschau. Als er es fand, parkte es vor einem Imbiß mit Aluminiumfassade, der wie ein altmodischer Eisenbahnpassagierwagen aussah. Der T-Bird kühlte im Schatten eines großen Schildes mit der Aufschrift HARRY'S FINE FOOD ab.

Leland fuhr weiter, bis er zu Breen's kam, dem letzten Lokal in diesem Dschungel aus Chrom, Plastik, Steinimitat und Neonschildern. Er parkte den Chevrolet an der Rückfassade des Gebäudes, so daß man ihn vom fünfhundert Meter entfernten Harry's Fine Food nicht sehen konnte. Er stieg aus, schloß den Lieferwagen ab und ging hinein, um selbst etwas zu Mittag zu essen.

Breen's war, zumindest von außen, dem Restaurant, in das Doyle und der Junge gegangen waren, ziemlich ähnlich. Es war fünfundzwanzig Meter lang, eine Aluminiumröhre, der das Aussehen eines alten Passagierwaggons verliehen worden war, an drei Seiten eine Reihe hoher, schmaler Fenster, an der vierten schien nachträglich ein Eingangskabäuschen angebracht worden zu sein.

Im Inneren erstreckte sich eine einzige Reihe Nischen an der Wand mit den angrenzenden Fenstern. Jede Nische enthielt einen zerschrammten Aschenbecher, ein zylindrisches Zuckerglas, Salz- und Pfefferstreuer aus Glas und eine Wähltastatur für die Musicbox, die neben den Toiletten am äußersten Ostende des Raums stand. Ein breiter Flur trennte die Nischen von der Bar des Lokals, die sich von einem Ende bis zum anderen erstreckte.

Als er eingetreten war, wandte sich Leland nach rechts, schritt bis zum Ende der Theke und setzte sich dort an die Krümmung, wo er gelegentlich zu den Fenstern jenseits der

Nischen hinaussehen und den Thunderbird bei Harry's im Auge behalten konnte.
Weil es das letzte Restaurant in dem Komplex war und weil der nachmittägliche Ansturm um vierzehn Uhr dreißig bereits vorüber war, war Breen's fast verlassen. In einer Nische gleich neben der Tür saß ein Paar mittleren Alters, das in gegenseitigem Schweigen verbissen an einem Roastbeefsandwich kaute. In der Nische hinter ihnen saß ein Lieutenant der Staatspolizei von Ohio, Leland zugekehrt. Er beschäftigte sich emsig mit einem Cheeseburger und Pommes frites. In der Nische am gegenüberliegenden Ende von Leland saß eine abgetakelte Kellnerin mit wasserstoffblondem Haar, rauchte eine Zigarette und betrachtete die vergilbte Kacheldecke.
Die fünfte Person außer ihm war die Bedienung hinter der Theke, die herbeikam und fragte, was Leland wollte. Sie war vielleicht neunzehn, eine frische und hübsche Blondine mit Augen, die ebenso blau waren wie die von Leland. Ihre Uniform stammte von der Stange eines Warenhauses, aber sie hatte ihr eine persönliche Note verliehen. Der Rock war fünfzehn Zentimeter über ihren hübschen Knien umgenäht. Auf einer Rocktasche befand sich ein kleines gesticktes Erdhörnchen, auf der anderen ein Kaninchen. Die ursprünglichen weißen Knöpfe der Uniform hatte sie durch rote ersetzt. Über der linken Brust befand sich ein gestickter Vogel, über der rechten mit schwungvollen Buchstaben ihr Name: *Janet.* Und direkt unter dem Namen ein fröhlicher Gruß: *Hallo, du!* Sie hatte ein süßes Lächeln, eine charmante Art, den Kopf schiefzulegen, sie war fast so niedlich wie Micky Maus – und sie war offenbar leicht zu haben.
»Haben Sie die Speisekarte gesehen?« fragte sie. Ihre Stimme war kehlig und kindlich zugleich.
»Kaffee und Cheeseburger«, sagte Leland.

»Auch Pommes? Die sind schon fertig.«
»Also gut«, sagte er.
Sie schrieb es auf, dann blinzelte sie ihm zu. »Bin sofort wieder da.«
Er sah ihr nach, wie sie hinter der Theke entlangschritt. Ihre schlanken Beine schritten schnell aus. Die enge Uniform wölbte sich über der Rundung ihres Hinterns. Plötzlich war sie, wenngleich Verwandlungen unmöglich waren, nackt. Für seine Augen verschwanden ihre Kleidungsstücke innerhalb eines Augenblicks. Er sah ihre langen Beine, die beiden Halbkugeln ihrer Kehrseite, die sanfte Krümmung ihres Rückens...
Er sah schuldbewußt auf die Theke, als er seine Lenden sich versteifen spürte, und sofort war er verwirrt und desorientiert. In diesem Augenblick konnte er nicht einmal sagen, wo er sich befand. Janet kam mit dem Kaffee zurück und stellte ihn vor ihn. »Milch?«
»Ja, bitte.«
Sie griff unter die Theke und holte einen fünf Zentimeter hohen, wie eine Milchkanne geformten Karton herauf. Sie legte sein Besteck hin, begutachtete es und schien damit zufrieden. Aber anstatt ihn seinen Kaffee trinken zu lassen, stützte sie die Ellbogen auf die Theke, legte das Kinn auf die Hände und schenkte ihm ein schlüpfriges Grinsen. »Wohin ziehen Sie denn?« fragte sie.
Er runzelte die Stirn. »Woher wissen Sie, daß ich umziehe?«
»Ich habe Sie einparken gesehen. Den Automover. Ziehen Sie hier in die Gegend?«
»Nein«, sagte er und goß Milch in den Kaffee. »Kalifornien.«
»Oh, Mann!« sagte sie. »Großartig! Palmen, Sonnenschein, Surfen...«
»Ja«, sagte er und wünschte sich, sie würde weggehen.

»Ich würde für mein Leben gerne surfen lernen«, sagte sie. »Ich mag das Meer. Im Sommer fahre ich immer zwei Wochen nach Atlantic City, liege am Strand und werde wirklich braun. Ich bräune schnell. Ich habe einen winzigen Bikini, damit ich wirklich überall braun werde.« Sie lachte mit falscher Bescheidenheit. »Nun ... fast überall. *So* winzige Bikinis sehen sie in Atlantic City nicht gerne.«
Leland sah sie über den Rand seiner Kaffeetasse hinweg an. Sie sah ihm in die Augen, bis er den Blick wieder senkte.
»Burger und Fritten!« schrie der Koch durch das Servierfenster, das die Küche mit dem Lokal verband.
»Ihres«, sagte sie leise. Sie holte das Essen und stellte es vor ihn. »Noch etwas?«
»Nein«, sagte er.
Sie lehnte sich wieder an die Theke und redete, während er aß. Sie arbeitete hart, um das Unschuldslamm zu spielen. Sie kicherte, blinzelte eine Menge und errötete gekonnt. Er kam zu der Überzeugung, daß sie fünf Jahre älter war, als er ursprünglich gedacht hatte.
»Könnte ich noch eine Tasse Kaffee haben?« fragte er schließlich, nur um sie einen Augenblick los zu sein.
»Klar«, sagte sie, nahm seine leere Tasse und ging zu der verchromten Kaffeemaschine.
Als er ihr nachsah, spürte Leland eine merkwürdige Vibration in sich – und dann sah er sie wieder ohne Kleidung, wie vorher. Er stellte sich nicht nur vor, wie sie aussehen würde, wenn sie nackt wäre. Er *sah* sie tatsächlich, sah sie so deutlich wie die normale Umgebung des Lokals. Ihre langen Beine und runden Gesäßbacken waren straff, während sie auf Zehenspitzen stand und den Filter in der Maschine überprüfte. Als sie sich umdrehte, wogten ihre Brüste, und die Nippel schwollen an, noch während er hinsah.
Leland schloß die Augen und versuchte verzweifelt, das

Phantasiebild zu vertreiben. Er öffnete die Augen und sah, daß es noch da war. Und je länger die Vision andauerte, desto seltsamer fühlte er sich.
Er schloß die Hand um das Messer, das sie ihm gegeben hatte. Er hob das Messer, hielt es vor sein Gesicht und betrachtete die helle gezackte Schneide. Dann verschwamm die Klinge, als er über sie hinweg zu dem nackten Mädchen sah, das langsam auf ihn zukam, das wir durch Sirup auf ihn zuwatete, und bei jedem Schritt wogten ihre bloßen Brüste sinnlich ... Er stellte sich vor, wie er ihr das Messer zwischen die Rippen stieß, tief dazwischen, um es dann hin und her zu drehen, bis sie aufhörte zu schreien und ihm die starre Miene des Willkommenheißens präsentierte ...
Dann, als sie fast vor ihm stand und die übervolle Kaffeetasse vorsichtig in ihren beiden schlanken Händen balancierte, stellte Leland fest, daß ihm jemand folgte. Er drehte sich etwas auf seinem Hocker und betrachtete das Paar mittleren Alters neben der Tür. Der Mann hatte den Mund voller Essen, aber er kaute nicht. Mit aufgeblasenen Wangen betrachtete er Leland, betrachtete Lelands verkniffenen Gesichtsausdruck und das Messer, welches der große Ingenieur wie eine Fackel in der rechten Hand hielt. In der zweiten Nische hatte auch der Polizist zu essen aufgehört und sah Leland an. Er runzelte die Stirn, als wüßte er nicht genau, was er von dem Messer halten sollte.
Leland legte das Messer weg und glitt in dem Augenblick vom Hocker, als die Kellnerin mit dem Kaffee kam. Er kramte nach seiner Brieftasche und warf zwei Dollar auf die Theke.
»Sie wollen doch nicht gehen, oder?« fragte sie. Ihre Stimme klang distanziert und so eisig, daß Leland erzitterte.
Er antwortete ihr nicht. Er schritt rasch zur Tür und ging hinaus. Der Tag schien unglaublich grell zu sein, während er zum Lieferwagen hastete.

Als er hinter dem Lenkrad des Chevrolet saß, hörte er sein Herz heftig in der Brust schlagen. Er atmete in großen, schluchzenden Zügen und schlotterte wie ein frierender, nasser Hund.
Wenngleich sie nicht mehr zu sehen war und Leland die Augen geschlossen hatte, konnte er die junge Kellnerin immer noch sehen: ihren straffen Körper, die langen nackten Beine, die großen Brüste... Er konnte sehen, wie er sich mit der Klinge in sie lehnte, wie ihre helle Haut sich teilte, konnte sich über die Theke klettern und sie dort auf dem Boden nehmen sehen. Niemand hätte ihn aufgehalten, denn er hätte das Messer in der Hand behalten. Alle hätten Angst gehabt. Sogar der Bulle. Er hätte die Kellnerin auf die schmutzigen Fliesen hinter der Theke pressen und sich so oft über sie hermachen können, wie er gewollt hätte...
Er dachte an das Messer und das Blut, das geflossen wäre, an die Brüste des Mädchens und das Gefühl ihres Körpers, der sich unter ihm bewegte, und er sah die fassungslosen Blicke der anderen. Und allmählich fiel die Stimmung von ihm ab. Sein Herzschlag beruhigte sich. Sein Atem war nicht mehr so keuchend wie vorher.
Er hob den Kopf und erblickte sich unerwartet im Rückspiegel über der Windschutzscheibe. Er sah in seine eigenen Augen, und einen Augenblick wußte er, wo er war und was er tat. In einem plötzlichen Augenblick der Klarheit erkannte er, weshalb er dem Thunderbird folgte und was er den Menschen darin antun wollte. Und er wußte, daß es falsch war. Er war krank, verwirrt, desorientiert.
Er wandte den Blick von seinen Augen ab, weil ihn mit Ekel erfüllte, was er darin sah, und stellte fest, daß der Polizist aus dem Lokal gekommen war und auf den Lieferwagen zuschritt. Er war von der irrationalen Gewißheit erfüllt, daß der Polizist alles wußte. Er wußte, was Leland gerne mit dem

Mädchen im Lokal gemacht hätte und was er mit dem Paar im Thunderbird machen wollte. Der Polizist wußte es.
Leland ließ den Wagen an.
Der Polizist rief nach ihm.
Er hatte nicht gehört, was der Mann gesagt hatte, war sicher, daß er es nicht hören wollte, und so legte Leland den Gang ein und trat das Gaspedal durch.
Der Bulle rief erneut.
Der Lieferwagen schleuderte, schwang zur Seite, wirbelte Kies auf. Leland nahm den Fuß vom Gas, der Wagen beruhigte sich. Er fuhr vom Parkplatz und beschleunigte auf den Komplex der Motels und Tankstellen zu.
Er atmete wieder keuchend. Er wimmerte.
Am Ende der Anlage fuhr er viel schneller, als er sollte, in die Einfahrt zur Interstate 70. Er sah gar nicht nach dem Verkehr, sondern fuhr unbekümmert auf die Schnellstraße. Zum Glück waren die beiden westlichen Fahrspuren verlassen.
Wenngleich in Lelands Kopf irgendwo die Gewißheit saß, daß diese Straßen überwacht wurden, sogar mit Radar, ließ er die Tachonadel höher und höher klettern. Als sie die Hundert erreicht hatte, erzitterte der Lieferwagen etwas und fiel dann in seine Höchstgeschwindigkeit, so wie ein Vollblutpferd, das seine angemessene Gangart gefunden hatte.
Im Frachtraum klapperte und polterte das Mobiliar gegen die Wände. Eine Tischlampe fiel mit dem Klirren zerschellenden Glases herab.
Leland sah in den Spiegel. Der Bulle verfolgte ihn entweder nicht, oder er hatte nicht schnell genug starten können. Die Straße hinter ihm war verlassen.
Dennoch hielt er den Lieferwagen bei hundert Meilen pro Stunde. Die Straße brüllte unter ihm. Das flache Land raste wie rasch wechselnde Bühnenkulissen an ihm vorbei. Die

Panik in ihm ließ Schritt für Schritt nach. Allmählich verlor sich das Gefühl, daß alle ihn anstarrten, daß jeder die Hand gegen ihn erhoben hatte, daß er durchsichtig war und daß er ständig von Kräften verfolgt wurde, die mit dem Staatspolizisten zu tun hatten, durch ihn aber nicht vollständig personifiziert wurden. Während er westwärts dröhnte, wurde er rasch wieder zum Bestandteil der Maschine. Er führte sie mit sicherem Griff. Nachdem er sieben oder acht Meilen zurückgelegt hatte, ließ er die Geschwindigkeit wieder unter die legale Grenze zurückfallen; und wenngleich erst wenige Minuten verstrichen waren, seit er das Lokal verlassen hatte, konnte er sich schon gar nicht mehr daran erinnern, was seine Panik eigentlich überhaupt ausgelöst hatte...

Aber an Doyle und Colin erinnerte er sich plötzlich. Der Thunderbird war irgendwo hinter ihm, östlich. Vielleicht parkte er immer noch im Schatten dieses riesigen Schildes vor Harry's Fine Food. Und selbst wenn sie wieder fuhren, waren Doyle und der Junge Meilen hinter ihm, nicht zu sehen. Das gefiel Leland überhaupt nicht.

Er ließ die Geschwindigkeit noch weiter absinken. Als ihm klar wurde, daß *sie* jetzt *ihm* folgten, nahm seine allgegenwärtige Angst eine vertraute Tönung an. Jetzt erschien ihm die graue Straße wie ein Tunnel, eine Falle mit einem Ausgang und keiner Wendemöglichkeit.

Dann sah er vor sich rechter Hand einen weiteren Rastplatz, durch eine doppelte Pinienreihe vom Highway abgeschirmt. Leland bremste und fuhr dort hinein, eine leichte Steigung empor. Er parkte auf dem rechteckigen Kiesplatz, so daß er den Verkehr durch die dicken Baumstämme hindurch beobachten konnte.

Jetzt mußte er nur noch warten und die Straße beobachten. Wenn der Thunderbird vorbeikam, konnte er sich hinter ihm einfädeln und ihn in zwei oder drei Minuten einholen. Er war unendlich erleichtert.

Der Polizist stieg aus dem Streifenwagen aus, noch bevor George Leland richtig klargeworden war, daß er sich auf dem Rastplatz befand. Leland beobachtete den Highway jenseits der Pinien bereits volle fünf Minuten, und der grelle Sonnenschein und der westwärts rasende Verkehr mußten ihn irgendwie hypnotisiert haben. Einen Augenblick glaubte er noch, er wäre allein, und im nächsten bemerkte er das Polizeiauto aus Ohio, das sich neben seines stellte. Halb im Schatten der Pinien und halb im grellen Sonnenschein, sah es unwirklich aus. Das Blaulicht blinkte, aber die Sirene war nicht eingeschaltet. Der Polizist, der ausstieg, war Anfang Dreißig, ernst, mit kantigem Unterkiefer. Er war derselbe Mann, der bei Breen's gegessen hatte, der Leland vor dem kleinen Restaurant angerufen hatte.
Leland erinnerte sich an einige Gründe für seine Panik von vorhin. Wieder schien die Welt auf ihn einzustürmen. Dunkelheit kroch in die Ecken seines Sichtbereichs, nach innen fließende Tintenkleckse. Er kam sich beengt und verwundbar vor, leichte Beute für alle, die ihm etwas Böses zufügen wollten. Heute schienen alle hinter ihm her zu sein. Er war ständig auf der Flucht.
Als der Polizist näher kam, kurbelte er das Fenster herunter.
»Sind Sie allein?« fragte der Lieutenant und blieb weit genug von dem Lieferwagen entfernt stehen, daß Leland ihn nicht mit der Tür erwischen konnte, sollte er diese plötzlich aufreißen. Eine Hand hatte er auf dem Kolben seiner Dienstwaffe im Halfter.
»Allein?« fragte Leland. »Ja, Sir.«
»Warum haben Sie nicht gehalten, als ich Sie gerufen habe?«
»Mich gerufen?«
»Vor dem Restaurant«, sagte der Lieutenant mit einer Stimme, die barsch war und viel älter schien als sein glattes Gesicht.

Leland sah ihn verwirrt an. »Ich habe Sie nicht gesehen. Sie haben mich gerufen?«
»Zweimal.«
»Tut mir leid«, sagte Leland. »Das habe ich nicht gehört.« Er runzelte die Stirn. »Habe ich etwas falsch gemacht? Normalerweise bin ich ein umsichtiger Fahrer.«
Der Polizist sah ihn einen Augenblick eingehend an, suchte in seinen blauen Augen, nahm seine sonnengebräunte Haut und das sorgfältig geschnittene Haar in sich auf, dann entspannte er sich. Er ließ die Hand von der Waffe sinken. Er kam die letzten paar Schritte zu dem Lieferwagen. »Es war nicht wegen Ihrem Fahrstil«, sagte er. »Dennoch würde ich mir gerne einmal Ihren Führerschein und die Mietpapiere für den Wagen ansehen.«
»Klar«, sagte Leland. »Stets gerne zu Diensten.« Er tat so, als würde er nach seiner Brieftasche greifen, dabei jedoch ergriff er die Pistole Kaliber .32, die sich neben ihm auf dem Sitz in einer Zellstoffschachtel befand. Er riß sie mit einer einzigen geschmeidigen Bewegung ans Fenster, richtete den Lauf auf den Kopf des Polizisten und drückte ab. Der einzelne Schuß hallte in dem Pinienwäldchen hinter dem Lieferwagen und peitschte scharf über den Highway davor.

Leland saß mehrere Minuten da und beobachtete den Verkehr, bis ihm klar wurde, daß er den Leichnam verstecken sollte. Jeden Augenblick konnte jemand auf den Rastplatz fahren, den zwischen dem Streifenwagen und dem Lieferwagen liegenden Polizisten sehen und weglaufen, um Hilfe zu holen. Heutzutage waren alle hinter ihm her. Er hatte bislang nur überlebt, weil er ihnen immer einen Schritt voraus war. Er konnte es sich jetzt nicht leisten, sein Denken verschwommen werden zu lassen.
Er stieß die Wagentür auf und stieg aus.

Der Polizist lag mit dem Gesicht nach unten auf dem Kies, er hatte eine dunkle Blutlache unter dem Kopf. Jetzt sah er viel kleiner aus, beinahe wie ein Kind.
Im Lauf des vergangenen Jahres, als er erstmals die Verschwörung mitbekommen hatte, die gegen ihn im Gange war, hatte Leland sich oft gefragt, ob er imstande sein würde zu töten, um sich selbst zu schützen. Er wußte, daß es darauf hinauslaufen würde. Töten oder getötet werden. Bis zu diesem Augenblick war er nicht sicher gewesen, welches von beidem. Jetzt konnte er nicht verstehen, wie er jemals Zweifel gehabt haben konnte. Wenn es darum ging, zu töten oder getötet zu werden, würde selbst ein gewaltloser Mann handeln, um sich zu beschützen.
Leland beugte sich mit ausdruckslosem Gesicht nach unten, packte den Toten an den Knöcheln und schleifte ihn zur offenen Tür des Streifenwagens. Das Kurzwellenfunkgerät im Inneren knackte lautstark. Leland hob den Leichnam hinein und ließ ihn hinter das Lenkrad sinken. Aber es nützte nichts. Selbst aus einiger Entfernung sah der Mann tot aus. Da ihm klar wurde, daß er den Leichnam völlig würde verschwinden lassen müssen, stieß Leland den Leichnam über den Vinylsitz und stieg nach ihm ins Auto ein.
Er berührte das Lenkrad, ohne daran zu denken, daß er Fingerabdrücke hinterließ.
Er berührte die Lehne des Vinylsitzes.
Ohne dem gerinnenden Blut Beachtung zu schenken, drückte er das Gesicht des Toten zwischen die Knie, dann stieß er den kompakten Leichnam vor den Beifahrersitz auf den Boden.
Dabei berührte er unabsichtlich das Fenster auf dieser Seite und drückte alle fünf Finger deutlich auf das Glas.
Er mußte den Leichnam so lange schieben, bis er halb in der Ausbuchtung vor dem Sitz verschwunden war, aber nach-

dem das geschehen war, war er überzeugt, daß niemand ihn finden würde, es sei denn, sie machten die Tür auf und suchten danach.
Beim Hinausklettern drückte er die Fingerspitzen auf den Vinylsitz.
Er berührte noch einmal das Lenkrad.
Er schlug die Tür zu, wobei er die Finger um den verchromten Griff legte.
Es kam ihm nicht in den Sinn, daß er einen Lappen nehmen und alles abwischen sollte, was er berührt hatte. Er hatte den unter dem Beifahrersitz verstauten Toten in dem Polizeiauto schon fast wieder vergessen.
Er ging zum Lieferwagen zurück, stieg ein und schlug die Tür zu. Der Verkehr auf dem Highway flitzte vorbei und spiegelte goldenes Nachmittagssonnenlicht zurück. Zehn Minuten oder mehr beobachtete Leland die Straße und wartete darauf, daß der Thunderbird vorbeikam.
Da seine Aufmerksamkeit sich auf ein so kleines Gebiet konzentrierte, schweiften seine Gedanken ab, bis sie schließlich wieder bei der jungen Kellnerin angelangt waren, die ihm das Essen serviert hatte, das Mädchen mit den Kaninchen und Erdhörnchen auf der Uniform. Jetzt wußte er, weshalb sie ihn verwirrt hatte. Mit ihrem langen, natürlich hellblonden Haar und den elfenhaften Gesichtszügen sah sie ein wenig wie Courtney aus. Nicht sehr, aber etwas. Damit hatte sie diesen Anfall ausgelöst. Er wußte jetzt, daß er das Messer nicht in sie bohren wollte, daß er sein Messer niemals hatte in sie bohren wollen. Er hatte auch nicht mit ihr schlafen wollen. Tatsächlich interessierte ihn dieses Mädchen überhaupt nicht. Er war ein streng monogamer Mann. Ihm lag nur etwas an seiner reizenden Courtney.
So schnell, wie seine Gedanken von der Kellnerin zu Courtney gewandert waren, wanderten sie jetzt von Courtney zu

Doyle und dem Jungen. Leland dachte schockiert an die Möglichkeit, daß der Thunderbird vorbeigefahren war, während er den toten Polizisten im Streifenwagen versteckt hatte. Vielleicht waren sie schon vor zwanzig Minuten vorbeigefahren. Sie konnten schon einen Vorsprung von mehreren Meilen haben...

Was war, wenn Doyle seine geplante Route verlassen hatte? Wenn er nicht der Straße folgte, die auf der Karte eingezeichnet war?

Leland spürte einen dicken Kloß der Angst in seiner Kehle aufsteigen.

Wenn er Doyle und den Jungen verlor, würde er dann nicht Courtney verlieren? Wenn er Courtney verlor, von seinem Weg zu Courtney abkam, hatte er dann nicht alles verloren?

Trotz der Klimaanlage standen ihm jetzt Schweißperlen auf der Stirn, als er den Gang einlegte und den Wagen anfahren ließ. Die Vorderreifen pflügten durch den blutigen Kies. Er legte den Vorwärtsgang ein und fuhr mit dem Chevrolet aus dem Rastplatz hinaus. Das Blaulicht an dem Polizeiauto blinkte immer noch, aber das bekam Leland nicht mit. Für ihn gab es nichts Wirkliches mehr, abgesehen von der Straße vor ihm und dem Thunderbird, der sich augenblicklich von ihm entfernen mußte.

3

Als sie nach der Mittagspause fünfzehn Minuten unterwegs waren und der gemietete Chevrolet immer noch nicht im Rückspiegel aufgetaucht war, hörte Doyle auf, danach zu suchen. Als der Wagen sich nach der Frühstückspause bei Harrisburg wieder hinter sie gehängt hatte, war er beäng-

stigt gewesen, aber das war natürlich ein Zufall gewesen. Er hatte sie durch ganz Pennsylvania verfolgt, durch einen Zipfel von West Virginia und dann nach Ohio – aber das lag daran, daß er zufällig dieselbe Interstate benutzte wie sie auch. Der Fahrer des Lieferwagens, wer immer er sein mochte, hatte seine Route von der Karte abgelesen, so wie Doyle auch; dieser andere Mann hatte nichts Böses im Sinn gehabt, als er seine Fahrtroute ausgesucht hatte. Nun wurde Alex verspätet klar, daß er sich selbst am Morgen hätte beruhigen können, indem er einfach mit dem Auto an den Straßenrand gefahren wäre und den Lieferwagen hätte vorbeiziehen lassen. Er hätte warten und ihm fünfzehn Minuten Vorsprung geben können, und das hätte der verrückten Vorstellung, daß sie verfolgt wurden, ein für allemal ein Ende bereitet. Nun, jetzt war es ohnehin einerlei. Der Lieferwagen war fort, er war irgendwo weit vor ihnen.
»Ist er wieder da?« fragte Colin.
»Nein.«
»Mist.«
»Mist?«
»Ich hätte wirklich gern gewußt, was er vorhatte«, sagte Colin. »Ich schätze, jetzt werden wir es wohl nie erfahren.«
Alex lächelte. »Das werden wir wohl nicht, nein.«
Verglichen mit Pennsylvania, war Ohio ein fast flacher Bundesstaat. Auf beiden Seiten des Highways erstreckten sich malerische Flächen grünen Landes, nur gelegentlich von einer schäbigen kleinen Stadt, einer sauberen Farm oder einer seltsam fehl am Platz wirkenden abgelegenen und schmutzigen Fabrik unterbrochen. Die Einförmigkeit ringsumher unter dem ebenfalls konturlosen Himmel langweilte und deprimierte sie. Das Auto schien mit einem Viertel seiner echten Geschwindigkeit dahinzukriechen.
Nachdem sie zwanzig Minuten unterwegs waren, fing Colin

an, sich unbehaglich zu winden und hin und her zu rutschen. »Dieser Sicherheitsgurt ist nicht richtig gemacht«, sagte er zu Doyle.
»Ach?«
»Ich glaube, sie haben ihn zu eng gemacht.«
»Er kann nicht zu eng sein. Er stellt sich automatisch ein.«
»Ich weiß nicht...« Colin prüfte es mit beiden Händen nach.
»Mit so fadenscheinigen Ausreden wie der hier wirst du schwerlich davon befreit werden.«
Colin betrachtete die offenen Felder, eine Herde dicker Kühe, die auf einer Weide über einem weiß-roten Schuppen grasten. »Ich wußte gar nicht, daß es so viele Kühe auf der Welt gibt. Seit wir von zu Hause aufgebrochen sind, habe ich überall Kühe gesehen, wo ich auch hinschaute. Ich glaube, ich muß kotzen, wenn ich noch eine einzige Kuh sehe.«
»Das wirst du nicht«, sagte Alex. »Sonst zwinge ich dich, es selbst aufzuwischen.«
»Wird der ganze Rest des Landes so sein?« fragte Colin und deutete mit seiner schlanken Hand auf die eintönige Landschaft.
»Du weißt genau, daß es nicht so ist«, sagte Doyle geduldig. »Du wirst den Mississippi sehen, die Wüsten, die Rocky Mountains... Du bist schon so oft im Geiste um die Welt gereist, daß du es eigentlich besser wissen müßtest als ich.«
Als er sah, daß er bei Doyle keine Chance hatte, hörte Colin auf, an seinem Sicherheitsgurt zu zupfen. »Bis wir zu den interessanten Stellen kommen, wird mein Gehirn innerlich vollkommen verfault sein. Wenn ich dieses Nichts zu lange ansehen muß, dann werde ich mich in einen Zombie verwandeln. Weißt du, wie ein Zombie ist?« Er machte ein Gesicht wie ein Zombie für Doyle: offener Mund, schlaffes Fleisch, weit offene, aber blicklose Augen.
Doyle mochte Colin, und er amüsierte ihn, aber er war auch

besorgt. Er wußte, sein ständiges Quengeln, aus dem Gurt befreit zu werden, war ebenso ein Test für Doyles Talent für Disziplin wie ein Ausdruck echten Unbehagens. Bevor Alex Courtney geheiratet hatte, hatte der Junge dem Verlobten seiner Schwester wie seinem Vater gehorcht. Auch als sie aus den Flitterwochen nach Philadelphia zurückgekehrt waren, um ihre Angelegenheiten in Ordnung zu bringen, hatte Colin sich benommen. Aber jetzt war er allein mit Doyle und nicht mehr unter der Obhut seiner Schwester, und nun stellte er diese neue Beziehung auf die Probe. Wenn er mit allem durchkam, dann würde er es auch tun. In dieser Beziehung unterschied er sich in nichts von anderen Jungs seines Alters.

»Hör zu«, sagte Alex, »wenn du dich heute abend mit Courtney am Telefon unterhältst, dann möchte ich nicht, daß du dich über den Sicherheitsgurt oder die Landschaft beschwerst. Sie und ich, wir haben beide gedacht, daß diese Reise gut für dich wäre. Ich will dir auch sagen, daß wir dachten, wir beide, du und ich, könnten uns dabei aneinander gewöhnen, uns zusammenraufen und Unebenheiten glätten. Also, ich möchte nicht, daß du jammerst und dich beschwerst, wenn wir sie von Indianapolis aus anrufen. Sie ist in San Francisco und überwacht die Leute, die den Teppichboden verlegen, die Vorhänge anbringen, die Möbel aufstellen... Sie hat genügend zu tun, auch ohne sich deinetwegen Sorgen zu machen.«

Colin dachte darüber nach, während sie westwärts Richtung Columbus fuhren. »Okay«, sagte er schließlich. »Ich ergebe mich. Du hast mir neunzehn Jahre voraus.«

Alex betrachtete den Jungen, der ihn schüchtern unter den Brauen hervor ansah, und lachte leise. »Wir werden zurechtkommen. Das habe ich immer gewußt.«

»Sag mir eines«, meinte der Junge.

»Was?«
»Du hast mir neunzehn Jahre voraus – und Courtney sechs?«
»Richtig.«
»Machst du Courtney auch Vorschriften?«
»Niemand macht Courtney Vorschriften«, sagte Doyle.
Colin verschränkte die dünnen Arme über der Brust und grinste verschmitzt. »Das ist verdammt richtig. Ich bin froh, daß du sie verstehst. Ich würde dieser Ehe keine sechs Monate geben, wenn du der Meinung wärst, du könntest Courtney vorschreiben, einen Sicherheitsgurt zu tragen.«
Die ebenmäßigen Wiesen erstreckten sich auf beiden Seiten. Kühe grasten. Vereinzelte Wattebällchen von Wolken schwebten träge über den klaren Himmel.
Nach einer Weile sagte Colin: »Ich wette einen halben Dollar mit dir, daß ich schätzen kann, wieviel Autos in den nächsten fünf Minuten nach Osten an uns vorbeifahren – und dabei der tatsächlichen Zahl bis auf zehn nahekomme.«
»Einen halben Dollar?« fragte Alex. »Abgemacht.«
Die Uhr am Armaturenbrett zählte die fünf Minuten, während sie die ostwärts fahrenden Autos zählten, jedes einzelne laut. Colin lag mit seiner Schätzung nur um drei daneben.
»Doppelt oder nichts?« fragte der Junge.
»Was habe ich zu verlieren?« fragte Alex grinsend, sein Vertrauen in die Reise, ihn selbst und den Jungen war wiederhergestellt.
Sie spielten das Spiel noch einmal. Colins Schätzung lag nur um vier Autos daneben, und er gewann noch einmal fünfzig Cent. »Doppelt oder nichts?« fragte er noch einmal und rieb die Hände mit den langen Fingern aneinander.
»Ich glaube nicht«, sagte Alex argwöhnisch. »Wie machst du das?«
»Ganz einfach. Ich habe sie insgeheim eine halbe Stunde

lang gezählt, bis ich gesehen habe, wieviel in fünf Minuten durchschnittlich vorbeifahren. Dann habe ich dich gefragt, ob du wetten möchtest.«

»Vielleicht sollten wir einen Abstecher nach Las Vegas machen«, sagte Alex. »Ich werde mich in den Kasinos einfach an dich halten und alles machen, was du sagst.«

Colin war über dieses Kompliment so erfreut, daß er gar nicht wußte, was er sagen sollte. Er schlang die Arme um sich selbst und ließ den Kopf sinken, dann sah er zum Seitenfenster hinaus und grinste sein vages Spiegelbild mit allen Zähnen an.

Der Junge merkte nicht, daß Doyle dieses Spiegelbild sah, als er Colin einen raschen Blick zuwarf, um festzustellen, weshalb der Junge plötzlich so still geworden war. Doyle grinste innerlich und entspannte sich, er sank in den Sitz, und der letzte Rest Nervosität fiel von ihm ab. Er sah ein, daß er sich nicht in eine Person verliebt hatte, sondern in zwei. Er liebte diesen hageren, überintellektuellen Jungen fast ebenso sehr wie Courtney. Diese Erkenntnis ließ ihn die Unsicherheit und die beunruhigende Angst des Vormittags vergessen.

Als er die Reise geplant und von Philly aus angerufen hatte, um die Reservierungen vorzunehmen, und noch einmal, als er vor vier Tagen den Scheck mit der Anzahlung für die Zimmer losgeschickt hatte, hatte Doyle den Leuten im Lazy Time Motel gesagt, daß er und Colin zwischen sieben und acht Uhr am Montag abend eintreffen würden. Um neunzehn Uhr dreißig, exakt in der Mitte dieses geschätzten Zeitraums, fuhr er auf den Parkplatz des Motels östlich von Indianapolis und parkte vor dem Büro.

Ihre Zimmer waren für die gesamte Reise reserviert. Doyle wollte nicht sechshundert Meilen fahren, um dann die halbe Nacht nach einem Hotel mit freien Zimmern suchen zu müssen.

Er schaltete die Scheinwerfer aus, dann den Motor. Die Stille war unheimlich. Allmählich drang der Verkehrslärm von der Interstate zu ihm, verlorene Schreie in der frühabendlichen Luft. »Na, ist das ein Zeitplan?« fragte er Colin. »Eine heiße Dusche, ein gutes Essen, dann rufen wir Courtney an – und hauen uns acht Stunden aufs Ohr.«

»Klar«, sagte Colin. »Aber könnten wir nicht zuerst etwas essen?«

Diese Bitte war ungewöhnlich für ihn. Er war ein ebenso mäßiger Esser, wie Doyle es in seinem Alter gewesen war. Als sie heute ihre Mittagspause gemacht hatten, hatte Colin an einem Stück Hühnchen geknabbert, etwas Krautsalat gefuttert, dann eine Schale Sorbet und eine Cola getrunken – und danach hatte er verkündet, daß er »pappsatt« war.

»Nun«, sagte Doyle. »wir sind nicht so schmutzig, daß sie uns nicht in das Restaurant hineinlassen. Aber ich möchte zuerst in unsere Zimmer.« Er machte die Tür auf und ließ die kalte, aber stickige Nachtluft ins Auto strömen. »Du wartest hier auf mich.«

»Klar«, sagte Colin. »Wenn ich jetzt diesen Gurt abnehmen darf.«

Alex lächelte und löste seinen eigenen Gurt. »Ich habe dir wirklich angst gemacht, was?«

Colin bedachte ihn mit einem schiefen Grinsen. »Wenn du es so sehen willst.«

»Schon gut, schon gut«, sagte Doyle. »Nimm deinen Gurt ab, Colin, mein Junge.«

Als er aus dem Auto ausstieg und die Beine streckte, sah er, daß das Lazy Time Motel genauso war, wie es im Reiseprospekt stand: sauber, angenehm, aber billig. Es war in Form eines großen L erbaut, das neonbeleuchtete Büro befand sich im Schnittpunkt der beiden Flügel. Vierzig oder fünfzig Türen, alle gleich und so gleichmäßig nebeneinander wie

Zaunlatten, waren in einförmige Mauern aus rotem Backstein eingelassen. Vor beiden Flügeln befand sich ein betonierter Gehweg mit einem Handlauf aus rostigem Aluminium auf schmiedeeisernen Stäben im Abstand von etwa drei Metern. Vor dem Büro stand ein Getränkeautomat, der leise vor sich hin summte und klickte.

Das Büro war klein, aber die Wände waren hellgelb, der Fliesenboden sauber und poliert. Doyle ging zur Rezeption und drückte auf die Klingel, um auf sich aufmerksam zu machen.

»Einen Augenblick!« rief eine Frau hinter einer Tür mit Bambusvorhang am Ende des Arbeitsbereichs auf der anderen Seite der Theke.

Neben der Theke befand sich ein Regal mit Zeitschriften und Taschenbüchern. Über diesem Regal hing ein Schild: *Warum lesen Sie sich heute abend nicht in den Schlaf?* Während Doyle wartete, sah er die Bücher durch, obwohl er nach der langen Fahrt nichts brauchte, um einzuschlafen.

»Tut mir leid, daß Sie warten mußten«, sagte sie und drängte sich durch den Bambusvorhang. »Ich war...« Auf halbem Weg zwischen Vorhang und Theke sah sie Doyle an und hörte auf zu sprechen. Sie sah ihn ebenso an, wie ihn Chet, der Tankwart, angesehen hatte. »Ja?« Ihre Stimme klang kühl.

»Sie haben eine Reservierung für Doyle«, sagte Alex. Jetzt war er doppelt froh, daß er reserviert hatte. Er war ziemlich sicher, daß sie ihn weggeschickt hätte, auch wenn er sehen konnte, daß nicht vor jedem Zimmer ein Auto parkte und das *Zimmer frei*-Schild eingeschaltet war.

»Doyle?« fragte sie.

»Doyle.«

Sie kam weiter bis zur Theke und begann zu strahlen, als sie die Karteikarten mit den Reservierungen durchging. »Oh, Vater und Sohn aus Philadelphia!«

»Ganz recht«, sagte Doyle und versuchte zu lächeln.
Sie war Mitte Fünfzig und trotz der überzähligen zwanzig Pfund, die sie mit sich herumschleppte, eine attraktive Frau. Das Haar trug sie im Stil der fünfziger Jahre hochgesteckt, Stirn frei, Löckchen über den Ohren. Ihr Strickkleid spannte sich über einem vollen, etwas matronenhaften Busen. An Hüften und Taille waren Korsettstangen zu erkennen.
»Das war eines unserer Siebzehn-Dollar-Zimmer«, sagte sie.
»Ja.«
Sie nahm die Karteikarte aus dem grünen Ablagekasten, sah sie eingehend an, dann schlug sie das Registrierbuch auf. Sie füllte sorgfältig ein Formular aus, das ein Drittel der Seite einnahm, dann drehte sie das Buch herum und hielt ihm den Kugelschreiber hin. »Hier unterschreiben ... Oh«, sagte sie dann, als er nach dem Kugelschreiber griff, »vielleicht sollte Ihr Vater hier unterschreiben. Immerhin ist das Zimmer auf *seinen* Namen reserviert.«
Doyle sah sie verständnislos an, bis ihm klar wurde, daß sie mehr mit Chet gemein hatte, als er anfangs gedacht hatte.
»Ich *bin* der Vater. Ich bin Alex Doyle.«
Sie runzelte die Stirn. Als sie den Kopf neigte, hatte er den Eindruck, ihr Dutt würde gleich über ihr Gesicht rutschen.
»Aber hier steht ...«
»Mein Junge ist elf.« Er nahm den Kugelschreiber und kritzelte seine Unterschrift ins Gästebuch.
Sie betrachtete die frische Tinte, als wäre sie ein ekliger Fleck auf ihrer neuen Bettdecke. Sie würde jeden Augenblick loslaufen, Desinfektionsmittel holen und das häßliche Ding wegwischen.
»Welches Zimmer haben wir?« fragte Alex und trieb sie gegen ihren Willen weiter.
Sie betrachtete erneut seine Frisur und seine Kleidung. In

Städten wie Philly oder San Francisco war er an so unverhohlene Mißbilligung nicht gewöhnt, und ihr Benehmen stieß ihn ab.

»Nun«, sagte sie, »Sie müssen wissen, daß die Bezahlung...«

»Im voraus erfolgt«, beendete er ihren Satz. »Ja, dumm von mir, daß ich nicht daran gedacht habe.« Er zählte zwölf Dollar auf das Gästebuch. »Ich habe fünf Dollar Anzahlung geschickt, wie Sie sich zweifellos erinnern werden.«

»Aber da ist die Steuer«, sagte sie.

»Wieviel?«

Als sie es ihm gesagt hatte, bezahlte er mit Kleingeld aus der Tasche seiner zerknitterten grauen Jeans.

Sie zählte das Geld in die Registrierkasse, obwohl sie gesehen hatte, daß er es selbst vor einer Minute abgezählt hatte. Sie nahm widerwillig einen Schlüssel vom Brett und gab ihn ihm. »Zimmer siebenunddreißig«, sagte sie und betrachtete den Schlüssel, als wäre es ein Diamantgeschmeide, das sie seiner Obhut anvertraute. »Das ist unten am langen Flügel.«

»Danke«, sagte er und hoffte, eine Szene zu vermeiden. Er ging durch den sauberen, hell erleuchteten Raum zur Tür.

»Das Lazy Time hat sehr schöne Zimmer«, sagte sic, als er unter der Tür stand.

Er sah sie an. »Dessen bin ich ganz sicher!«

»Wir möchten, daß sie so bleiben«, sagte sie.

Er nickte grimmig und machte, daß er hinauskam.

Trotz der Tatsache, daß er den Thunderbird verloren hatte, beruhigte sich George Leland allmählich wieder. Fünfzehn Minuten lang trieb er den Lieferwagen mit Höchstgeschwindigkeit voran, während er den Verkehr verzweifelt nach einer Spur des großen Wagens absuchte. Aber seine Verbundenheit mit Maschinen wirkte als Beruhigungsmittel. Die

Angst fiel von ihm ab. Er bremste den Lieferwagen. Mit einer wachsenden Zuversicht, daß er den Thunderbird finden würde, fuhr er nur wenige Meilen über der Geschwindigkeitsbegrenzung. Wie ein Mann in leichter Trance, nahm er nur die Straße und das angenehme Brummen des Chevy wahr, der genau mit der richtigen Geschwindigkeit dahinrollte, und das alles beruhigte ihn ungemein.

Leland lächelte zum ersten Mal an diesem Tag. Und er wünschte sich zum ersten Mal seit langer Zeit, er hätte jemanden, mit dem er reden konnte...

»Du siehst glücklich aus, George«, sagte sie und erschreckte ihn.

Er wendete den Blick von der Straße ab.

Sie saß auf dem Beifahrersitz, nur einige Zentimeter von ihm entfernt. Aber wie war das möglich?

»Courtney«, sagte er, und seine Stimme war ein trockenes Flüstern. »Ich...«

»Es ist schön, dich so glücklich zu sehen«, sagte sie. »Normalerweise bist du so ernst.«

Er sah verwirrt auf die Straße.

Aber einen Augenblick später wurden seine Augen wie durch Zauber wieder zu ihr gezogen. Der Sonnenschein stach durch die Windschutzscheibe und ging durch sie hindurch, als wäre sie ein Geist. Er berührte das goldene Haar und ihre Haut, und dann ging er einfach weiter. Er konnte die Türverkleidung hinter ihr sehen. Durch ihre reizende Gestalt konnte er das Beifahrerfenster und die Landschaft hinter diesem Fenster sehen – als wäre sie durchsichtig. Das verstand er nicht. Wie konnte sie hier sein? Woher konnte sie wissen, daß er Doyle und dem Jungen folgte?

Ganz nahe plärrte eine Hupe.

Leland schreckte hoch und stellte überrascht fest, daß er aus der rechten Spur geschert war und beinahe einen Pontiac gerammt hätte, der versuchte, ihn zu überholen. Er riß das Lenkrad nach rechts und brachten den Lieferwagen wieder auf seine Spur.

»Wie ist es dir ergangen, George?« fragte sie.

Er sah sie an, dann rasch wieder auf die Straße. Sie hatte dieselbe Kleidung an wie bei ihrer letzten Begegnung: derbe Schuhe, einen knappen weißen Rock und eine auffällige rote Bluse mit langem Spitzkragen. Als er ihr vor einer Woche zum Flughafen gefolgt war und gesehen hatte, wie sie an Bord der 707 gegangen war, da hatte ihn ihr Anblick in dem engen Hosenanzug so sehr erregt, daß er sie mehr gewollt hatte, als er jemals vorher eine Frau gewollt hatte. Er wäre fast zu ihr gelaufen – aber dann hatte er gedacht, daß sie es vielleicht merkwürdig finden konnte, wenn er ihr folgte.

»Wie ist es dir ergangen, George?« fragte sie wieder.

Sie hatte sich wegen seiner Probleme Sorgen gemacht, noch bevor er gemerkt hatte, daß er welche hatte, sogar bevor er gesehen hatte, daß alles schiefging. Nachdem sie ihre zwei Jahre dauernde Beziehung beendet hatte und sich nur noch am Telefon mit ihm unterhielt, hatte sie trotzdem alle zwei Wochen angerufen und gefragt, wie er zurechtkam. Natürlich hatten diese Anrufe einmal aufgehört. Sie hatte ihn vollkommen vergessen.

»Oh«, sagte er, nahm den Blick aber nicht von der Straße. »Mir geht es gut.«

»Du siehst aber nicht gut aus.« Ihre Stimme klang wie aus weiter Ferne, hohl, nur sehr wenig wie ihre echte Stimme. Und dennoch war sie da und saß im hellen Tageslicht neben ihm.

»Mir geht es sehr gut«, versicherte er ihr.

»Du hast abgenommen.«

»Das war nötig.«

»Aber nicht *so* sehr, George.«

»Kann nicht schaden.«
»Und du hast Ringe unter den Augen.«
Er nahm eine Hand vom Lenkrad und betastete das verfärbte, aufgedunsene Fleisch.
»Hast du nicht genügend geschlafen?« fragte sie.
Er antwortete nicht. Diese Unterhaltung gefiel ihm nicht. Es mißfiel ihm, wenn sie ihm wegen seiner Gesundheit Vorhaltungen machte und sagte, daß seine emotionalen Probleme mit anderen Menschen auf eine *körperliche* Erkrankung zurückzuführen sein mußten. Sicher, die Probleme waren ganz plötzlich gekommen. Aber nicht er hatte die Schuld. Andere Menschen. In letzter Zeit hatte es jeder auf ihn abgesehen.
»George, haben die Menschen dich besser behandelt, seit wir das letzte Mal miteinander gesprochen haben?«
Er bewunderte ihre langen Beine. Diese waren jetzt nicht mehr durchsichtig. Das Fleisch war golden, fest, wunderschön. »Nein, Courtney. Ich habe wieder einen Job verloren.«
Nachdem sie aufgehört hatte, ihn wegen seiner Gesundheit zu bedrängen, fühlte er sich besser. Er wollte ihr alles sagen, einerlei, wie peinlich es sein mochte. Sie würde ihn verstehen. Er würde den Kopf in ihren Schoß legen und weinen, bis er keine Tränen mehr in sich hatte. Dann würde es ihm bessergehen... Er würde weinen, während sie ihm über das Haar strich, und wenn er sich aufrichtete, würde er ebensowenig Probleme haben wir vor zwei Jahren, bevor seine Schwierigkeiten angefangen hatten und alle garstig zu ihm geworden waren.
»Noch einen?« fragte sie. »Wie viele Jobs hast du denn in diesen zwei Jahren gehabt?«
»Sechs.«
»Weswegen hat man dich diesmal gefeuert?«

»Ich weiß nicht«, Lelands Stimme klang elend. »Wir haben ein Bürogebäude erstellt – zwei Jahre Arbeit. Ich bin mit allen zurechtgekommen. Und dann hatte es plötzlich mein Boß, der Chefingenieur, auf mich abgesehen.«

»Auf dich abgesehen?« fragte sie tonlos und fern, über das Summen der breiten Reifen kaum hörbar. »Inwiefern?«

Er bewegte sich unbehaglich hinter dem Lenkrad. »Du weißt schon, Courtney. Wie die anderen Male vorher auch. Er redete hinter meinem Rücken über mich und hetzte die Männer gegen mich auf. Er widerrief meine Personaleinteilung und ermutigte Preston, den Vorarbeiter...«

»Das alles hat er hinter deinem Rücken getan?« fragte sie.

»Ja. Er...«

»Wenn er das alles hinter deinem Rücken getan hat, woher willst du dann wissen, daß er überhaupt etwas getan hat?«

Er konnte ihren teilnahmsvollen Tonfall nicht ertragen, denn er hörte sich zu sehr nach Mitleid an. »Hast du ihn gehört? Du hast ihn nicht selbst gehört, oder, George?«

»Sprich nicht so mit mir. Versuch nicht mir einzureden, daß ich mir alles nur eingebildet habe.«

Sie schwieg, wie er es ihr befohlen hatte.

Er sah hinüber, ob sie noch da war. Sie lächelte ihn an, fester als vor wenigen Minuten.

Er betrachtete die untergehende Sonne, nahm sie aber nicht wahr. Der Straße vor ihm war er sich jetzt nur noch ganz am Rande bewußt. Da Courtneys magische Präsenz ihn aus dem Gleichgewicht brachte, fuhr er den Chevy nicht mehr so souverän wie sonst. Er schlingerte in der rechten Fahrspur hin und her, ab und zu geriet er sogar auf den Kiesstreifen am Straßenrand.

Nach einer Weile sagte er: »Weißt du, als ich dich an jenem Tag angerufen hatte, um eine Verabredung auszumachen, als ich feststellte, daß du schon seit drei Wochen verheiratet warst – da habe ich beinahe den Verstand verloren. Ich bin dir eine Woche gefolgt, tagaus, tagein, nur um dich zu beobachten. Hast du das gewußt? Du hast gesagt, du würdest nach Frisco fliegen, daß dieser Mann, Doyle, und dein Bruder in einer Woche folgen würden, und du sagtest, du würdest nicht glauben, daß du jemals wieder nach Philly zurückkämest. Das hat mich fast umgebracht, Courtney. Alles lief so schlecht für mich. Ich erinnerte mich daran, wie schön wir es einst hatten... Daher rief ich dich an, um festzustellen, ob wir wieder zusammenfinden können. Ich wollte dich um eine Verabredung bitten. Hast du das gewußt? Nein, ich wette, nicht. Ich war bereit, dich um eine Verabredung zu bitten... Und dann stellte ich fest, daß du verheiratet bist und durch das ganze Land ziehst.« Seine Stimme wurde hart, kalt, fast bösartig. Er machte eine Pause, um seine Gedanken zu sammeln. »Du warst mein Glücksstern – vor zwei, drei, vier Jahren. Als wir zusammen waren, da war alles in Ordnung. Und jetzt wirst du fern sein, unerreichbar... Ich wußte, ich mußte in deiner Nähe sein, Courtney. Als ich dir zum Flughafen folgte und sah, daß du mit der 707 aufbrachst, da wußte ich, daß ich Doyle und Colin folgen und herausfinden mußte, wo du wohnst.«

Sie antwortete nichts.

Er fuhr weiter und redete in der Hoffnung, eine positive Reaktion von ihr zu erhalten; ihre Anwesenheit verwirrte ihn nicht mehr. »Ich hatte wieder einen Job verloren. Nichts hielt mich in Philly. Natürlich hatte ich nicht das Geld, ein Fuhrunternehmen zu bezahlen, so wie dieser Doyle. Ich mußte meine Habseligkeiten selbst verpacken und transportieren. Und daher fahre ich diesen trägen Wagen mit der schlechten Lüftung anstelle eines schicken Thunderbird. Ich habe keine Glückssträhne, so wie dein Doyle. Mich behandeln die Leute nicht so gut wie ihn. Aber ich wußte, ich

mußte dennoch nach Kalifornien, um dir nahe zu sein. Um dir nahe zu sein, Courtney...«
Sie saß da, schön, stumm, reglos, die schlanken Hände im Schoß gefaltet, ein Strahlenkranz des letzten Tageslichts umgab ihren Kopf.
»Es war nicht leicht, ihnen auf der Fährte zu bleiben«, fuhr er fort. »Ich mußte schlau sein. Als sie frühstückten, wurde mir klar, daß sie eine gekennzeichnete Karte im Auto haben mußten, die mir zeigen konnte, welchen Weg sie nehmen würden. Ich habe nachgesehen.« Er sah sie rasch an, grinste, sah wieder auf die Straße. »Ich habe einen Drahtkleiderbügel durch die Gummidichtung zwischen den Fenstern geschoben und damit den Sperrknopf hochgezogen. Die Karte lag auf dem Sitz. Und ein Adreßbuch. Dein Doyle ist außerordentlich umsichtig. Er hatte die Namen und Adressen der Motels aufgeschrieben, wo er reserviert hat. Ich habe sie abgeschrieben. Und ich habe die Karte studiert. Ich kenne jede Straße, die sie nehmen, und jedes Hotel, wo sie übernachten, zwischen hier und San Francisco. Jetzt kann ich sie nicht mehr verlieren. Ich werde sie einfach verfolgen. In diesem Augenblick kann ich sie nicht sehen, aber ich werde sie später wieder treffen.« Er reihte die Worte sehr schnell aneinander. Er wollte unbedingt, daß sie erfuhr, welche Mühe er auf sich genommen hatte, nur um in ihrer Nähe zu sein.
Sie überraschte ihn. »George, hast du wegen deiner Kopfschmerzen und deiner anderen Probleme jemals einen Arzt konsultiert?«
»Ich bin nicht krank, verdammt!« schrie er. »Ich habe einen gesunden Verstand, ein gesundes Gehirn, einen gesunden Körper. Ich bin in guter Verfassung. Ich will nichts mehr davon hören. Vergiß es einfach.«
»*Warum* verfolgst du sie?« fragte sie und wechselte wie befohlen das Thema.

Der Schweiß rann ihm in mehreren Strömen von der Stirn, dicke, kristallene Tropfen, die seine Wangen und den Hals kitzelten. »Habe ich dir das nicht gesagt? Ich möchte herausfinden, wo du wohnst. Ich möchte in deiner Nähe sein.«
»Aber wenn du die Adressen in Alex' Buch abgeschrieben hast, dann hast du auch unsere neue Adresse in San Francisco. Du mußt ihnen nicht folgen, um mich zu finden. Du weißt bereits, wo ich bin, George.«
»Nun...«
»George, *warum* folgst du Alex und Colin?«
»Das habe ich dir gesagt.«
»Nein.«
»Sei still!« sagte er. »Ich mag nicht, was du da andeutest. Ich will mir das nicht länger anhören. Ich bin nicht krank. Ich bin gesund. Mit mir ist alles in Ordnung. Also verschwinde. Laß mich in Ruhe. Ich will dich nicht mehr ansehen müssen.«
Als er das nächste Mal hinsah, war sie nicht mehr da. Sie war verschwunden.
Wenngleich ihn ihr unerwartetes und unerklärliches Erscheinen vorübergehend verwirrt hatte, verwirrte ihr Verschwinden ihn überhaupt nicht. Er hatte ihr ja *gesagt*, sie sollte verschwinden. Gegen Ende ihrer Beziehung, kurz bevor sie vor zwei Jahren mit ihm Schluß gemacht hatte, hatte Courtney ihm gesagt, daß er ihr angst machte, daß seine düsteren Stimmungen neuerdings sie mit Unbehagen erfüllten. Sie hatte immer noch Angst vor ihm. Als er sagte »Geh«, da ging sie. Sie besaß Verstand genug, nicht zu widersprechen. Das hirnlose Miststück hatte ihn betrogen, indem sie diesen Doyle geheiratet hatte, und jetzt würde sie alles tun, um sich seiner Gunst zu versichern.
Er lächelte und betrachtete die dunkler werdende Straße.

Das letzte Tageslicht tauchte das Land in ein fast unheimliches orangefarbenes Leuchten, als Officer Eric James Coffey von der Interstate 70 auf einen Rastplatz an der rechten Straßenseite fuhr. Er nahm die sanfte Steigung zu der piniengesäumten Lichtung, und er sah den leeren Streifenwagen sofort. Das Licht auf dem Dach drehte sich noch und hüllte die Bäume auf allen Seiten in ein rotes Pulsieren.
Seit vier Uhr, als Lieutenant Richard Pulham vier Stunden überfällig gewesen war, seinen Streifenwagen am Ende seiner Schicht in die Garage des Reviers zu bringen, suchten mehr als zwanzig seiner Kollegen die Interstate und alle Zu- und Abfahrtsstraßen davon ab. Und jetzt hatte Coffey das Auto gefunden – aufgrund der Zahlen auf der Fahrertür konnte kein Zweifel bestehen –, und er parkte am äußersten westlichen Ende von Lieutenant Pulhams Patrouillenbezirk.
Coffey wünschte sich, er wäre nicht derjenige gewesen, der ihn fand, denn er konnte sich vorstellen, was er finden würde. Einen toten Polizisten. Soweit Coffey es sehen konnte, gab es keine andere Möglichkeit.
Er griff nach dem Mikrofon und drückte mit dem Daumen auf den Knopf. »Hier ist 166, Coffey, ich habe den Streifenwagen gefunden.« Er wiederholte seine Nachricht und gab der Einsatzzentrale seine Position durch. Seine Stimme war belegt und zitternd.
Widerstrebend machte er den Motor aus und stieg aus seinem Wagen aus.
Die Abendluft war kalt. Wind aus Nordwesten war aufgekommen.
»Lieutenant Pulham! Rich Pulham!« schrie er. Der Name hallte wie ein geflüstertes Echo zu ihm zurück. Das war die einzige Antwort.
Coffey begab sich resigniert zu Pulhams Wagen, beugte sich hinab und sah durch das Beifahrerfenster.

Da die Sonne schon untergegangen war, war das Auto voller Schatten.
Er machte die Tür auf. Die Innenbeleuchtung ging an, aber schwach und unzureichend, denn das Blinklicht hatte den Strom der Batterie fast aufgebraucht. Doch so schwach das Licht war, es erhellte das trocknende Blut und den grob unter den Vordersitz gedrückten Leichnam.
»Dreckskerle«, sagte Coffey leise. »Dreckskerle, Dreckskerle, Dreckskerle.« Seine Stimme wurde mit jeder Wiederholung lauter. »Polizistenmörder«, sagte er in die aufkommende Dunkelheit. »Aber wir werden die Hurensöhne erwischen.«

Ihr Zimmer im Lazy Time Motel war groß und gemütlich. Die Wände waren von fast weißer Farbe, die Decke einige Zentimeter höher, als das in jedem nach den fünfziger Jahren erbauten Motel der Fall gewesen wäre. Das Mobiliar war schwer und zweckdienlich, aber keineswegs spartanisch. In den beiden Sesseln ließ sich gemütlich sitzen, und der Tisch besaß zwar eine Plastikplatte, bot aber hinreichend Platz. Die beiden Doppelbetten waren fest, die Laken gestärkt und rochen nach Seife und Weichspüler. Der zerkratzte Mahagoninachttisch zwischen den beiden Betten enthielt eine Gideonbibel und ein Telefon.
Doyle und Colin saßen auf verschiedenen Betten und sahen einander über den schmalen Spalt dazwischen an. In gegenseitigem Einvernehmen war Colin der erste, der mit seiner Schwester sprach. Er hielt den Hörer in beiden Händen. Seine dicke Brille war an der Nase hinabgerutscht und ruhte jetzt gefährlich auf der äußersten Nasenspitze, aber der Junge schien es nicht zu bemerken. »Wir wurden den ganzen Weg von Philadelphia verfolgt!« sagte er zu Courtney, kaum daß sie abgenommen hatte.

Alex verzog das Gesicht.
»Ein Mann in einem Chevrolet-Lieferwagen«, sagte Colin.
»Nein. Wir konnten ihn nicht sehen. Dafür war er viel zu gerissen.« Er erzählte ihr alles über seinen imaginären FBI-Mann. Nachdem er dieses Thema leid war, erzählte er ihr, wie er einen Dollar von Doyle gewonnen hatte. Er hörte ihr einen Augenblick zu, dann lachte er. »Ich habe es versucht, aber ich konnte ihn zu keiner Wette mehr überreden.«
Als er die Stimme des Jungen bei der Unterhaltung hörte, empfand Doyle einen Augenblick Eifersucht auf die warme, intime Beziehung zwischen Courtney und Colin. Jeder von ihnen fühlte sich vollkommen wohl in der Gesellschaft des anderen, und keiner mußte seine Liebe verbergen oder etwas vorgeben. Doch das Gefühl verflog, als Doyle klar wurde, daß seine eigene Beziehung zu Courtney ganz ähnlicher Natur war – und daß er und der Junge sich bald ebenso nahestehen würden.
»Sie sagt, ich koste dich zuviel«, sagte Colin und reichte Doyle den Hörer.
Er nahm ihn. »Courtney?«
»Hi, Liebling.« Ihre Stimme klang warm und volltönend. Sie hätte neben ihm sitzen können, und nicht am anderen Ende von zweieinhalbtausend Kilometern Telefonkabel.
»Alles klar?«
»Einsam«, sagte sie.
»Nicht mehr lange. Was macht das Haus?«
»Die Teppiche sind alle verlegt.«
»Keine Probleme?«
»Erst wenn die Rechnung kommt.«
»Maler?«
»Schon wieder weg.«
»Dann mußt du dich nur noch um die Möbellieferung kümmern«, sagte er.

»Ich kann es kaum erwarten, bis unser Schlafzimmer ankommt.«
»Die größte Sorge einer jeden Braut«, zog er sie auf.
»Das habe ich nicht gemeint, Sexist. Es ist nur so, daß ich in dem verdammten Schlafsack Rückenschmerzen bekomme.«
Er lachte.
»Und«, fuhr sie fort, »hast du jemals versucht, in der Mitte eines leeren sechs mal sechs Meter großen Schlafzimmers mit Plüschteppichboden zu campen? Das ist unheimlich.«
»Vielleicht hätten wir alle fliegen sollen«, meinte Alex. »Vielleicht wäre das Haus ohne Möbel leichter zu ertragen, wenn du Gesellschaft hättest.«
»Nein«, erwiderte sie. »Ich komme schon zurecht. Ich übertreibe eben gerne. Wie kommst du mit Colin zurecht?«
»Prächtig.« Alex sah dem Jungen zu, wie er sich die Brille die Nase hinaufschob.
»Was ist mit diesem Burschen, der euch in dem Lieferwagen gefolgt ist?« fragte sie.
»Das ist nichts.«
»Eines von Colins Spielen?«
»Mehr nicht«, beruhigte er sie.
»He, hat er dir wirklich einen Dollar abgeknöpft?«
»Hat er. Er ist ein listiger Junge. Er ist dir so ähnlich.«
Colin lachte.
»Wie kommst du mit dem Auto klar?« fragte Courtney. »Sind sechshundert Meilen täglich zuviel für dich allein?«
»Überhaupt nicht. Mein Rücken tut wahrscheinlich nicht so weh wie deiner. Wir werden den Zeitplan einhalten können.«
»Freut mich, das zu hören. Ich bin selbst ein kleiner Sexist – ich kann es gar nicht erwarten, dich in das neue Bett zu bekommen.«
»Ebenso.« Er lächelte.

»Ich hatte mehrere Nächte Gelegenheit, den Ausblick aus diesem Schlafzimmerfenster zu genießen«, fuhr sie fort. »Er ist heute nacht noch atemberaubender als gestern. Man kann die Lichter der Stadt in der Bucht sehen, märchenhaft funkelnd.«

»Ich habe Heimweh nach einem Zuhause, in dem ich noch nie geschlafen habe«, sagte Doyle. Außerdem war er liebeshungrig, und der Klang ihrer Stimme machte ihn noch aufgekratzter.

»Ich liebe dich«, erklärte sie.

»Dito.«

»Sag es.«

»Ich habe ein Publikum«, gab Doyle zu bedenken und sah Colin an. Der Junge lauschte gebannt, als könnte er beide Seiten der Unterhaltung hören.

»Das wird Colin nicht in Verlegenheit bringen«, gab sie munter zurück. »Liebe macht ihn überhaupt nicht verlegen.«

»Okay. Ich liebe dich.«

Colin grinste und umarmte sich selbst.

»Ruf morgen abend an.«

»Wie ausgemacht«, versprach er.

»Sag Colin gute Nacht von mir.«

»Das werde ich.«

»Auf bald, Liebling.«

»Auf bald, Courtney.«

Er vermißte sie so sehr, daß ihm ein wenig war, als er die Verbindung unterbrach, als würde er sich selbst mit einer scharfen Klinge ins Fleisch schneiden.

Als George Leland den gemieteten Chevrolet-Lieferwagen auf den asphaltierten Parkplatz des Lazy Time Motels fuhr, war das *Belegt*-Schild eingeschaltet, große grüne Neonbuchstaben. Das kümmerte ihn nicht weiter, denn er hatte nicht die Absicht gehabt, hier zu bleiben. Er war nicht so begütert wie Alex Doyle, nicht so ein Glückspilz; er konnte sich nicht einmal die Preise des Lazy Time leisten. Er fuhr nur langsam am kurzen Arm des L entlang, dann am langen, bis er den Thunderbird sah.

Er lächelte selbstgefällig. »Genau wie in dem Adreßbuch«, sagte er. »Doyle, du bist wirklich tüchtig.«

Dann fuhr er vom Lazy Time weg, bevor er gesehen werden konnte. Er fuhr die Straße entlang, an zwei Dutzend anderen Motels vorbei, einige wie das Lazy Time, andere weitaus kostspieliger. Schließlich kam er zu einem schäbigen kleinen, aus Holz erbauten Motel mit einem kleinen *Zimmer frei*-Schild und einem kargen, schmucklosen Neonschild über der Eingangstür: DREAMLAND. Es sah nach einer Unterkunft für acht Dollar pro Nacht aus. Er fuhr hinein und parkte in der Nähe des Büros.

Er kurbelte das Fenster hinunter und drehte den Rückspiegel so, daß er sich selbst sehen konnte. Als er den Kamm aus der Tasche nahm, bemerkte er mehrere dunkle Flecken auf dem Gesicht. Er rieb an den Flecken und führte die Überreste an die Zunge, um zu kosten. Blut. Er öffnete überrascht die Tür, um sich im Schein der Deckenbeleuchtung zu betrachten. Getrocknetes Blut war auf seinen Hosen und überall auf dem kurzärmeligen Hemd. Die weichen weißen Haare auf seinem linken Unterarm waren steif und purpurn von getrocknetem Blut.

Woher kam das?

Und von wann?

Er wußte, er hatte sich nicht verletzt, aber er wußte nicht, wessen Blut es sein konnte, wenn nicht sein eigenes. Während er darüber nachdachte, spürte er, wie sich einer seiner schlimmen Migräneanfälle zusammenbraute. Dann regte sich ganz hinten in seinem Verstand etwas Häßliches; und wenngleich er immer noch nicht wußte, wessen Blut da auf ihn gespritzt war, war ihm klar, daß er es nicht wagen konnte, in diesem Aufzug ein Zimmer für eine Nacht zu mieten.

Er betete, daß seine Kopfschmerzen ihn noch eine Weile verschonen würden, dann rückte er den Spiegel wieder zurecht, schlug die Tür zu, ließ den Motor an und fuhr von dem Motel weg. Er fuhr eine halbe Meile die Straße entlang und parkte vor einer aufgegebenen Tankstelle. Er machte den Koffer auf und holte Kleidung zum Wechseln heraus. Er zog sich aus, wusch sich Gesicht und Hände mit Papierhandtüchern und seiner eigenen Spucke, dann zog er saubere Kleidung an.

Er war immer noch erschöpft von der Reise und hatte Kopfschmerzen, aber jetzt war er immerhin vorzeigbar genug, daß er sich beim Nachtportier des Motels sehen lassen konnte.

Fünfzehn Minuten später befand er sich in seinem Zimmer im Dreamland. Es war kein besonderes Zimmer. Dreieinhalb auf dreieinhalb Meter, mit einem winzigen angebauten Bad; es sah mehr wie ein Ort aus, an den man *gebracht* wurde, als daß man ihn freiwillig aufgesucht hätte. Die Wände waren schmutziggelb, abgeblättert, mit Fingerspuren, in den Ecken waren sogar Spinnweben. Der Sessel schien neu und bequem und dennoch gleichzeitig uralt. Der Tisch bestand aus Stahlrohren und einer kunststoffbeschichteten Platte, auf der schwarze Abdrücke von Zigarettenkippen zu sehen waren. Das schmale und durchgelegene Bett hatte schlampig geflickte Laken.

George Leland bemerkte den Zustand des Zimmers eigentlich gar nicht. Im Augenblick war er vollauf damit beschäftigt, gegen die Kopfschmerzen zu kämpfen, deren Anfang er hinter dem rechten Auge spüren konnte. Er warf den Koffer auf das Fußende des Bettes und zog die Kleidung aus. In der winzigen Duschkabine des Badezimmers vertrieb er seine Erschöpfung mit einem Strahl heißen Wassers. Er stand fünf Minuten da und ließ das Wasser angenehm auf Kopf und Nacken prasseln, denn er hatte festgestellt, daß das eine bevorstehende Migräne lindern oder unter seltenen Umständen sogar ganz vertreiben konnte.

Aber diesmal half das Wasser nichts. Nachdem er sich abgetrocknet hatte, waren die Warnzeichen der Migräne immer noch da: Benommenheit, ein Stecknadelkopf grellen Lichts kreiste hinter seinem rechten Auge und wurde allmählich größer, Unbeholfenheit, eine leichte, aber beharrliche Übelkeit...

Er erinnerte sich, daß er Frühstück und Abendessen hatte ausfallen lassen und daß er dazwischen nur ein halbes Mittagessen zu sich genommen hatte. Vielleicht war ein leerer Magen die Ursache. Er war nicht hungrig – jedenfalls litt er nicht unter den Qualen unbewußter Selbstverleugnung. Dennoch zog er sich an und ging hinaus, um sich etwas aus einem Süßigkeitenautomaten zu holen, der neben den Münztelefonen im schlecht erleuchteten Innenhof des Motels stand. Er dinierte mit zwei Flaschen Cola, einer Packung Erdnußbuttercracker und einem Hershey-Riegel mit Mandeln.

Er bekam die Kopfschmerzen dennoch. Sie pulsierten aus seinem innersten Kern, rhythmische Wellen des Schmerzes, die ihn zwangen, vollkommen still zu liegen, damit die Schmerzen nicht unerträglich wurden. Selbst wenn er nur die Hand zur Stirn hob, brachte ihn das daraus resultierende Donnern des Kopfschmerzes an den Rand des Deliriums. Er streckte sich auf seinem Bett aus, flach auf dem Rücken liegend, und umklammerte die grauen Laken mit beiden

Händen. Nach einer Weile befand er sich nicht mehr nur am Rand des Deliriums, sondern tauchte mitten hinein. Mehr als zwei Stunden lang lag er so starr wie eine Holzkonstruktion, und der Schweiß rann an ihm herab wie Kondenswasser an einem eiskalten Wasserglas. Erschöpft, ausgewrungen und leise stöhnend sank er schließlich von einer halbwachen Trance in einen unruhigen, aber vergleichsweise schmerzlosen Schlaf.

Er hatte wie immer Alpträume. Groteske Bilder flackerten durch seinen zerschmetterten Verstand wie Visionen am Ende eines satanischen Kaleidoskops, jedes unabhängig vom anderen, jedes ein grausiger Eindruck, an den er sich später erinnern würde: lange, schlanke Messer, von denen Blut in die hohlen Handflächen einer Frau tropfte; Maden, die in einem Leichnam wuselten; riesige Brüste, die ihn umhüllten und mit einer warmen, geschlechtslosen Liebkosung erwürgten; hektarweise zappelnde Küchenschaben; Herden aufmerksamer rotäugiger Ratten, die nur darauf lauerten, sich auf ihn zu stürzen; blutende Liebende, die sich ekstatisch auf einem Marmorboden wälzten; Courtney nackt und zuckend auf einem Kachelboden; ein Revolver, der Kugeln in den schlanken Bauch einer Frau pumpte...

Die Alpträume vergingen. Wenig später endete auch sein Schlaf. Leland stöhnte, richtete sich im Bett auf und hielt sich den Kopf mit beiden Händen. Die Kopfschmerzen waren verschwunden, aber die Erinnerung daran war wie ein neuer Schmerz. Er fühlte sich danach immer so niederschmetternd hilflos und verwundbar. Und einsam. So einsam, daß kein Mann es aushalten konnte.

»Sei nicht einsam«, sagte Courtney. »Ich bin hier bei dir.«

Leland sah auf und erblickte sie am Fußende des Bettes sitzend. Diesmal verwirrte ihn ihr magisches Erscheinen überhaupt nicht. »Es war so schlimm, Courtney«, stöhnte er.

»Kopfschmerzen?«
»Und Alpträume.«
»Bist du jemals zu Dr. Penebaker zurückgegangen?«
»Nein.«
Ihre sanfte Stimme drang zu ihm, als würde sie vom Ende eines Tunnels sprechen. Der hohle, ferne Tonfall harmonierte auf eigentümliche Weise mit dem schäbigen Zimmer.
»Du hättest Dr. Penebaker lassen sollen...«
»Ich will nichts von Penebaker hören!«
Sie schwieg.
Ein paar Minuten später sagte er: »Ich hielt zu dir, als deine Eltern bei dem Verkehrsunfall ums Leben kamen. Warum hieltest du nicht zu mir, als alles anfing schlechter zu werden?«
»Erinnerst du dich nicht, was ich dir damals gesagt habe, George? Ich hätte zu dir gestanden, wenn du bereit gewesen wärst, dir helfen zu lassen. Aber als du dich weigertest einzusehen, daß der Grund für deine Kopfschmerzen und deine emotionalen Probleme in einem...«
»Oh, um Gottes willen, sei still! Sei still! Du bist eine verkommene, nörgelnde, scheinheilige Schlampe, und ich will dir nicht zuhören!«
Sie verschwand nicht, aber sie schwieg jetzt wieder.
Eine ganze Weile später sagte er: »Wir könnten es wieder so schön haben, wie es einst war, Courtney. Findest du nicht auch?« Er wünschte sich mehr als sonst etwas auf der Welt, daß sie ihm recht gäbe.
»Ich stimme dir zu, George.«
Er lächelte. »Es könnte sein, wie es war. Der einzige, der zwischen uns steht, ist dieser Doyle. Und Colin auch. Du bist Colin immer näher gewesen als mir. Wenn Doyle und Colin tot wären, dann hättest du nur noch mich. Dann müßtest du zu mir zurückkommen, nicht?«

»Ja«, war ihre Antwort, genau, wie er es sich wünschte.
»Wir könnten wieder glücklich sein, nicht?«
»Ja.«
»Du würdest dich wieder von mir anfassen lassen.«
»Ja, George.«
»Wieder mit mir schlafen.«
»Ja.«
»Mit mir zusammenleben?«
»Ja.«
»Und die Leute würden aufhören, böse zu mir zu sein!«
»Ja.«
»Du bist mein Glücksstern, das bist du immer gewesen. Wenn du wieder da bist, wird es fast so sein, als wären die beiden letzten Jahre überhaupt nicht gewesen.«
»Ja«, sagte sie.
Aber es nützte nichts. Sie war nicht so entgegenkommend und warm und offen, wie er es gerne gehabt hätte. Mit ihr zu reden war tatsächlich so, als würde er mit sich selbst reden, ein seltsam masturbatorisches Unterfangen.
Da er wütend auf sie war, wandte er sich ab und weigerte sich, mit ihr zu reden. Ein paar Augenblicke später, als er wieder hinsah, um festzustellen, ob sie irgendwelche Anzeichen von Zerknirschung zeigte, stellte er fest, daß sie verschwunden war. Sie hatte ihn wieder verlassen. Sie verließ ihn immerzu. Sie ging immerzu zu Doyle oder Colin oder sonstwem zurück und ließ ihn allein. Er glaubte nicht, daß er sich diese Behandlung noch lange gefallen lassen konnte.

Ein Streifenwagen versperrte die Einfahrt zu dem Rastplatz an der Interstate 70, die Warnlichter blinkten. Dahinter, oben auf der Lichtung im Schatten der Pinien, standen ein halbes Dutzend weitere offizielle Fahrzeuge mit eingeschalteten Scheinwerfern und laufenden Motoren im Halbkreis.

Mehrere tragbare Scheinwerfer mit Batterien waren zusätzlich in einem Halbkreis am südlichen Ende der Lichtung aufgestellt worden, den Automobilen zugewandt. Wenigstens in dieser kleinen Umgebung existierte die Nacht nicht. Im Mittelpunkt von alledem befand sich natürlich Lieutenant Pulhams Streifenwagen. Kaltes, weißes Licht spiegelte sich auf den Chromstangen und Zierleisten. Das Leuchten verwandelte die Windschutzscheibe in einen Spiegel.

Detective Ernie Hoval, der die Ermittlungen leitete, sah einem Labortechniker zu, der die fünf blutigen Fingerabdrücke fotografierte, die so deutlich auf der Scheibe des Beifahrerfensters abgebildet waren, feine rote Linien. »Pulhams Abdrücke?« fragte er den Labortechniker, als dieser sein letztes Foto geschossen hatte.

»Werde ich gleich überprüfen.« Der Techniker war mager, schlaksig, kahl, seine Hände so zierlich wie die einer Frau. Dennoch ließ er sich von Hoval offenbar nicht einschüchtern. Alle anderen schon. Hoval setzte sowohl seinen Dienstgrad wie auch seine zweihundert Pfund ein, um jeden einzuschüchtern, der unter ihm arbeitete, und er ärgerte sich über den Techniker, weil dieser sich nicht beeindrucken ließ. Die weichen, weißen Hände packten die Kamera mit absichtlich langsamer Gründlichkeit weg, die ihn fast zum Wahnsinn trieb. Erst als alles in bester Ordnung war, wie es sein sollte, kramten sie in dem Lederkoffer neben dem Streifenwagen und holten aus dem Durcheinander die Karteikarte mit Lieutenant Pulhams Fingerabdrücken heraus. Der Techniker hob eine gelbe Karte und hielt sie neben die Abdrücke auf der Fensterscheibe.

»Und?« fragte Hoval.

Der Labormann ließ sich eine volle Minute Zeit, während er die Abdrücke studierte. »Das sind nicht die von Pulham«, sagte er schließlich.

»Hurensohn«, sagte Hoval und schlug die Faust in die andere hohle Hand. »Das wird leichter, als ich gedacht habe.«
»Nicht unbedingt.«
Hoval betrachtete den blassen, schmalen Mann. »Ach?«
Der Techniker stand auf und klopfte die Handflächen sauber. Er stellte fest, daß im überkreuzten Licht der Scheinwerfer weder er noch Hoval, noch einer der anderen einen Schatten warfen. »Nicht sämtliche Fingerabdrücke aller Bürger der Vereinigten Staaten sind gespeichert«, meinte der Techniker. »Es sind sogar weniger als die Hälfte.«
Hoval gestikulierte ungeduldig mit seiner kräftigen Hand. »Wer das getan hat, der ist aktenkundig, glauben Sie mir. Wahrscheinlich bei einem Dutzend Protestmärschen festgenommen worden – vielleicht sogar schon einmal wegen eines früheren Vergehens. Wahrscheinlich hat das FBI eine volle Akte über ihn.«
Der Labormann strich sich mit einer Hand über das Gesicht, als wollte er damit seinen ständig besorgten Ausdruck wegwischen. »Sie glauben, es war ein Radikaler, ein neuer Linker oder so einer?«
»Wer sonst?« fragte Hoval.
»Vielleicht nur ein Irrer.«
Hoval schüttelte den eckigen Kopf mit dem kantigen Kiefer. »Nein. Lesen Sie denn keine Zeitungen mehr? Heutzutage werden im ganzen Land Polizisten ermordet.«
»Das liegt in der Natur ihrer Arbeit«, sagte der Techniker. »Polizisten wurden ständig im Zuge ihrer Arbeit getötet. Der Prozentsatz der Todesfälle ist so hoch, wie er immer war.«
Hoval war unbeirrbar, während er beobachtete, wie die anderen Labortechniker zusammen mit uniformierten Beamten den Tatort durchkämmten. »Heutzutage existiert ein organisiertes Bemühen, Polizisten zu ermorden. Nationale

Verschwörung. Und jetzt hat sie schließlich uns eingeholt. Warten Sie nur ab. Die Abdrücke dieses Arschlochs werden in den Akten sein. Und es wird genauso ein Dreckskerl sein, wie ich Ihnen sage. Wir werden ihn binnen vierundzwanzig Stunden festnageln.«

»Klar«, sagte der Techniker. »Das wäre schön.«

Dienstag

4

Am zweiten Mai standen sie früh auf und aßen ein leichtes Frühstück, verließen das Lazy Time Motel und waren kurz nach acht Uhr wieder unterwegs.
Der Tag war so klar und strahlend, wie es der vorhergehende gewesen war. Der Himmel war hoch und wolkenlos. Die Sonne, die wieder hinter ihnen stand, schien sie in Richtung Küste zu beschleunigen.
»Bessert sich die Landschaft heute?« fragte Colin.
»Ein wenig«, sagte Alex. »Du wirst zum Beispiel den berühmten Gateway Arch in St. Louis zu sehen bekommen.«
»Wie weit ist es bis St. Louis?«
»Oh, vielleicht zweihundertfünfzig.«
»Und dieser Gateway Arch ist die erste Sehenswürdigkeit, auf die wir uns freuen können?«
»Nun...«
»Herrje«, sagte der Junge und schüttelte unglücklich den Kopf. »Das wird ein langer, langer Morgen werden.«
Die Interstate 70 führte sie in west-südwestlicher Richtung zur Grenze von Illinois, eine gerade, mehrspurige Strecke, die in das flache Land Amerikas geschnitzt war. Es war eine angenehme, hinreichend sichere Durchgangsstrecke für schnellen Verkehr, für eine Nation erbaut, die immer in Eile war. Auch Doyle selbst war in Eile, er brannte förmlich darauf, wieder bei Courtney zu sein, aber er teilte ein wenig von Colins Unzufriedenheit mit ihrer Route. Sie war zwar einfach und schnell, aber ohne hervorstechende Eigenheiten.

Allmählich beanspruchten Felder mit Frühlingsweizen, kurz und pastellgrün, den Raum auf beiden Seiten des Highways. Anfangs erwiesen sich diese ausgedehnten grünen Panoramen und die langen Rohre der Bewässerungsanlagen als einigermaßen interessant. Nach kurzer Zeit jedoch wurden auch diese Felder langweilig und monoton.
Ungeachtet seines ausdrücklichen Pessimismus, was den langen Vormittag anbelangte, der vor ihnen lag, schien Colin in einer besonderen Hochstimmung zu sein, und die beiden ersten Stunden der Strecke vergingen angenehm und schnell. Sie sprachen darüber, wie es sein würde, in Kalifornien zu leben, über Weltraumfahrt, Astronauten, Sciencefiction, Rock-Musik, Piraten, Segelschiffe und Graf Dracula – letzteres hauptsächlich deshalb, weil Colin heute ein grünschwarzes Graf-Dracula-T-Shirt anhatte, seine schmale Brust war gruselig mit einem bedrohlichen Christopher Lee mit stechenden Augen und langen Fangzähnen geschmückt.
Nachdem sie die Indiana-Illinois-Grenze überschritten hatten, kam die Unterhaltung endlich ins Stocken. Mit Doyles Erlaubnis legte Colin den Sicherheitsgurt so lange ab, daß er sich zum Radio vorbeugen und einen neuen Sender suchen konnte.
Um sicherzustellen, daß sich ihnen keiner zu schnell näherte, solange der Junge in einer so verwundbaren Position auf dem Rand des Sitzes war, sah Alex in den Rückspiegel und studierte den geringen Verkehrsfluß auf der breiten Schnellstraße hinter ihnen.
Da sah er den Chevrolet-Lieferwagen.
Er wandte den Blick rasch ab und betrachtete wieder die Straße vor ihnen.
Zuerst wollte er nicht glauben, was er gesehen hatte, er war sicher, daß er es sich nur eingebildet hatte. Dann sagte er sich, daß dies wahrscheinlich ein *anderer* war, nicht dasselbe

Fahrzeug, das sie auf dem ersten Abschnitt ihrer Fahrt verfolgt hatte, denn immerhin waren Tausende Umzugsfahrzeuge auf den Straßen Amerikas unterwegs.
Colin glitt wieder auf seinen Sitz und legte ohne Widerrede den Gurt an. Während er sorgfältig sein T-Shirt glattstrich, fragte er: »Ist der in Ordnung?«
»Wer?«
Colin neigte den Kopf und sah Doyle eigentümlich an. »Der Sender natürlich, was denn sonst?«
»Klar. Prima!«
Aber Alex war so durcheinander, daß er gar nicht mitgekommen hatte, welche Musik der Junge für sie ausgesucht hatte. Widerwillig sah er ein zweites Mal in den Rückspiegel.
Der Lieferwagen fuhr immer noch in ihrem Kielwasser, kein Phantasiegespinst seiner überanstrengten Einbildung, das man einfach abtun konnte; er fuhr weniger als eine Viertelmeile hinter ihnen und hob sich deutlich gegen die strahlende Morgensonne ab, wirkte aber dennoch bedrohlich.
Zusammenhanglos dachte Doyle an den Tankwart, den sie bei Harrisburg kennengelernt hatten, und den muffigen Anachronismus hinter dem Schreibtisch des Lazy Time Motels. Das vertraute und unkontrollierbare Schaudern, die Peinlichkeiten seiner Kindheit, aus denen er nie wirklich herausgewachsen war, begann wieder in seinem Magen und seinen Eingeweiden und schien aus sich selbst heraus eine leise, irrationale Angst zu erzeugen. Aber tief in seinem Innersten gestand Doyle sich ein, was er vor zwanzig Jahren schon hatte erkennen müssen: Er war ein unverbesserlicher Feigling. Sein Pazifismus basierte nicht auf irgendwelchen moralischen Vorstellungen, sondern auf seiner panischen Angst vor Gewalt. Wenn man genau darüber nachdachte – welche Gefahr bot dieser Lieferwagen? Welchen Schaden hatte er ihnen zugefügt, welche Androhung eines Schadens?

Wenn er bedrohlich wirkte, dann hatte daran einzig und allein er selbst die Schuld. Seine Angst war nicht nur irrational, sie war verfrüht und engstirnig. Er hatte ebensowenig Grund, vor dem Lieferwagen Angst zu haben, wie er Grund gehabt hatte, sich vor Chet oder der Frau im Lazy Time zu fürchten.

»Er ist wieder da, nicht?« fragte Colin.

»Wer?«

»Stell dich nicht absichtlich dumm«, rügte ihn der Junge.

»Nun, es ist ein Lieferwagen hinter uns.«

»Dann ist er es.«

»Könnte ein anderer sein.«

»Das wäre zuviel Zufall.« Colin schien seiner Sache ziemlich sicher zu sein.

Doyle schwieg einen langen Augenblick. Dann: »Ja, ich fürchte, du hast recht. Das wäre zuviel Zufall. Er ist tatsächlich wieder hinter uns her.«

5

»Ich werde an den Straßenrand fahren und anhalten«, sagte Alex und trat behutsam auf die Bremse.

»Warum?«

»Um zu sehen, was er macht.«

»Meinst du, er wird hinter uns halten?« fragte Colin.

»Vielleicht.« Doyle hoffte von ganzem Herzen, daß es nicht geschah.

»Das wird er nicht. Wenn er wirklich ein FBI-Agent ist, dann ist er zu schlau, um darauf hereinzufallen. Er wird einfach an uns vorbeifahren und so tun, als hätte er uns gar nicht gesehen, und sich dann später wieder an unsere Fersen heften.«

Alex war zu nervös, um das Spiel des Jungen mitzuspielen. Er hatte die Lippen zu einer schmalen, grimmigen Linie zusammengepreßt und verlangsamte den Wagen noch mehr, sah in den Rückspiegel und stellte fest, daß auch der Mietwagen bremste. Mit zu schnell schlagendem Herzen fuhr er an den Seitenstreifen, wo Kies unter den Reifen knirschte, und hielt an.
»Nun?« fragte Colin, den diese Wendung der Ereignisse ganz aufgeregt machte.
Alex kippte den Rückspiegel und beobachtete, wie der Automover-Lieferwagen etwa eine Viertelmeile hinter ihnen ebenfalls anhielt. »Nun, zumindest ist es kein FBI-Mann.«
»He, großartig!« rief der Junge aus, den dieses unerwartete Ereignis des Tages offenbar in willkommene Aufregung versetzte. »Was könnte er sein?«
»Darüber möchte ich lieber nicht nachdenken.«
»Ich schon.«
»Dann denk leise.«
Er nahm den Fuß von der Bremse und fuhr wieder auf die Interstate, wo er beschleunigte, bis er sich in den Verkehr einfädeln konnte. Zwei Autos scherten zwischen ihnen und dem Lieferwagen ein, was ihm ein illusorisches Gefühl von Isolation und Sicherheit verlieh. Aber innerhalb weniger Minuten fuhr der Chevrolet an den beiden anderen Autos vorbei und heftete sich wieder direkt hinter den Thunderbird.
Was kann er nur wollen? überlegte Doyle.
Es war fast, als wüßte der Fremde hinter dem Lenkrad von Alex' geheimer Feigheit und spielte damit.
Das Land war jetzt noch flacher, als es gewesen war, wie ein riesiges Spielbrett, und die Straße war gerader und hypnotischer.
Sie waren an der Ausfahrt Effingham vorbeigekommen, nun

kündigten alle Schilder schon weit voraus das Dreieck nach Decatour und die restlichen Meilen bis St. Louis an.
Alex hielt den Thunderbird fünf Meilen über der Geschwindigkeitsbegrenzung, überholte den langsameren Verkehr, blieb aber weitgehend auf der rechten Fahrspur.
Der Lieferwagen ließ sich nicht abschütteln.
Zehn Meilen nach ihrem ersten Anhalten fuhr er wieder an den Straßenrand und beobachtete, wie der Chevrolet genau dasselbe tat. »Was will er nur?« fragte Doyle.
»Darüber habe ich die ganze Zeit nachgedacht«, erwiderte Colin stirnrunzelnd. »Aber ich werde einfach nicht schlau aus ihm.«
Nachdem Doyle das Auto wieder in den Verkehr eingefädelt hatte, sagte er: »Wir können schneller fahren als so ein Lieferwagen. Viel schneller. Lassen wir ihn unseren Staub schlucken.«
»Genau wie im Film«, frohlockte Colin und klatschte in die Hände. »Laß knacken!«
Wenngleich ihn die Aussicht eines Verfolgungsrennens mit Höchstgeschwindigkeit keineswegs so in Entzücken versetzte wie Colin, trat Doyle das Gaspedal allmählich bis zum Anschlag durch. Er spürte den großen Wagen zittern, schlingern, dann wieder ruhig fahren, während er sich zu der Höchstgeschwindigkeit quälte, die von ihm verlangt wurde. Trotz der beinahe luftdichten Isolierung des Thunderbirds drangen jetzt die Straßengeräusche durch: ein dumpfes, aber anschwellendes Hintergrunddröhnen ertönte über dem rhythmischen Pochen des Motors und dem schrillen, protestierenden Heulen der Windböen, die durch den Kühlergrill fegten.
Als der Tacho bei hundert Meilen pro Stunde stand, sah Alex in den Rückspiegel. Es war unglaublich, aber der Chevrolet hielt mit ihnen Schritt. Er war das einzige andere Fahrzeug weit und breit, das die linke Fahrspur benutzte.

Der Thunderbird beschleunigte weiter: eins-null-fünf (der Straßenlärm donnerte jetzt ringsum wie ein Wasserfall auf sie herein), eins-zehn (und der Wind heulte wie wild), eins-fünfzehn (das Schlingern war wieder da, das Auto stöhnte und ächzte), dann der Anschlag des Tachos, über der letzten weißen Ziffer, und immer noch Bewegung, immer noch Beschleunigung...

Die Pfosten auf dem Streifen in der Mitte sausten jetzt grau verschwommen vorbei, eine solide Wand aus Stahl. Hinter dieser Wand fuhren Autos und Lastwagen in die entgegengesetzte Richtung, als wären sie aus einer Kanone geschossen worden.

Der Lieferwagen blieb zurück.

»Wir rasen aber ganz schön!« rief Colin, und seine Stimme war eine Mischung aus Entzücken und Entsetzen.

»Und er kann nicht mithalten«, sagte Alex.

Der Lieferwagen wurde kleiner, verschwand hinter ihnen. Vor ihnen war der Highway verlassen. Doyle nahm den Fuß nicht vom Gaspedal.

Sie rasten weitere fünf Minuten mit Höchstgeschwindigkeit durch Illinois, erschreckten die anderen Fahrer, die sie überholten, und lösten ein wütendes Hupkonzert aus, nur um möglichst viele Meilen zwischen sich und den Fremden im Lieferwagen zu bringen. Sie waren halb aufgekratzt und halb in Panik, so sehr packte sie die Aufregung der Verfolgungsjagd.

Aber nachdem der Chevrolet nicht mehr zu sehen war und das Gefühl, dichtauf verfolgt zu werden, nachgelassen hatte, wurde Doyle bewußt, welches Risiko er selbst bei geringem Verkehr mit dieser hohen Geschwindigkeit einging. Wenn ein Reifen platzte...

Über das Heulen des Windes und die manische Musik des Asphalts unter ihnen hinweg sagte Colin: »Was ist mit Radar?«

Wenn sie wegen Geschwindigkeitsüberschreitung von einem Autobahnpolizisten angehalten wurden – würde dieser bei klarem Verstand ihnen glauben, daß sie vor einem geheimnisvollen Mann in einem Leihwagen flohen? Vor einem Mann flohen, den sie nicht kannten, den sie nicht einmal je gesehen hatten? Vor einem vollkommen Fremden flohen, vor dem Alex sich nur fürchtete, weil ... nun, weil er sich immer vor allem gefürchtet hatte, was er nicht verstehen konnte? Nein, eine solche Geschichte würde wie eine Lüge aussehen, eine linkische Ausrede. Sie war zu phantastisch und gleichzeitig zu seicht. Sie konnte einen Polizisten nur in Wut bringen.

Widerstrebend nahm Doyle den Fuß vom Gas. Die Tachonadel sank rapide auf die Hunderter-Marke, zitterte dort wie ein mahnender Finger, dann sank sie noch tiefer.

Doyle sah in den Spiegel.

Der Lieferwagen war nirgends zu sehen. Zumindest die nächsten fünf Minuten würde der Fahrer des Chevrolet sie nicht sehen können.

»Wahrscheinlich holt er schon auf«, sagte Colin.

»Genau.«

»Was machen wir jetzt?«

Direkt vor ihnen war die Ausfahrt zur Route 51 und ein Schild, das die Meilen bis Decatour ankündigte.

»Wir nehmen den Rest des Tages Landstraßen«, sagte Alex. »Soll er uns ruhig auf der Route 70 suchen, wenn er will.« Er trat zum erstenmal seit langer Zeit auf die Bremse des Thunderbird und fuhr die Ausfahrt hinaus ins flache Land.

6

Von Decatour nahmen sie die Route 36 nach Westen bis zur Staatsgrenze, dann weiter nach Missouri. Das Land war noch flacher, als es am Morgen gewesen war; die legendären Prärien waren ein einförmiges Schauspiel. Kurz nach Mittag nahmen Alex und der Junge ein knappes Mittagessen in einem kleinen weißgestrichenen Café zu sich und fuhren dann weiter.

Nicht weit nach der Abzweigung Richtung Jacksonville fragte Colin: »Was meinst du denn?«

»Wozu?«

»Dem Mann im Chevrolet.«

Die nach Westen wandernde Sonne spiegelte sich in der Windschutzscheibe.

»Was ist mit dem?« fragte Doyle.

»Wer könnte er sein?«

»Nicht vom FBI?«

»Das war nur ein Spiel.«

Zum erstenmal wurde Doyle klar, wie sehr der geheimnisvolle Lieferwagen den Jungen beeindruckt haben mußte, wie sehr er ihn beunruhigt hatte. Wenn Colin sich nicht mehr für seine Spiele interessierte, dann mußte er wirklich beängstigt sein, und er verdiente eine ehrliche Antwort.

»Wer immer er ist«, Doyle rutschte mit schmerzenden Gesäßbacken über den Vinylsitz, »er ist gefährlich.«

»Jemand, den wir kennen?«

»Nein, ich glaube, er ist ein völlig Fremder.«

»Warum ist er dann hinter uns her?«

»Weil er hinter *irgendwem* her sein muß.«

»Das ist keine Antwort.«

Doyle dachte über die besondere Art von Irren nach, die das vergangene Jahrzehnt hervorgebracht hatte, dieser Autoklav, in dem die Grundsubstanz der Gesellschaft bis zum Siedepunkt erhitzt worden war und um ein Haar weggeschmolzen wäre. Er dachte an Männer wie Charles Manson, Richard Speck, Charles Whitman, Arthur Bremer... Wenngleich Charles Whitman, der Turmschütze aus Texas, der mehr als ein Dutzend unschuldiger Menschen erschossen hatte, möglicherweise an den Folgen eines nicht erkannten Gehirntumors gelitten hatte, die anderen jedenfalls hatten keine körperliche Krankheit oder eine rationale Erklärung gebraucht, um das Blutvergießen zu deuten, das sie angerichtet hatten. Das Morden – das von einer Regierung legitimiert worden war, die mit den »Feindverlusten« in Vietnam prahlte – war an sich der einzige Grund gewesen. Es gab mindestens ein Dutzend andere Namen, an die Doyle sich nicht erinnern konnte, Männer, die sinnlos gemordet hatten, aber nicht so sehr, daß sie dafür Unsterblichkeit erlangt hatten. Seit 1963 mußte ein Wahnsinniger entweder gerissen sein, was seine Methoden anbelangte, wählerisch genug, sich Berühmtheiten als Opfer auszusuchen, oder ruchlos genug, mindestens ein Dutzend Menschen abzuknallen, ehe er zu Ruhm kam. Die Videoaufzeichnungen von Attentaten und die nächtlichen Berichterstattungen von einem blutigen Krieg hatten Amerikas Empfindlichkeit abgetötet. Der vereinzelte Mordimpuls war zu weit verbreitet worden, um noch Aufmerksamkeit zu erregen... Doyle versuchte, Colin diese Gedanken zu vermitteln, wobei er nur dann auf grausame Ausdrükke zurückgriff, wenn es keine anderen gab.

»Du glaubst also, daß er verrückt ist?« fragte der Junge, als Doyle fertig war.

»Vielleicht. Im Grunde genommen hat er ja bisher noch nichts getan. Aber wenn wir auf dem Highway geblieben wären und zugelassen hätten, daß er uns folgte, wenn wir ihm Zeit und viele Möglichkeiten geboten hätten... Wer weiß, was er letztendlich getan haben würde?«

»Das alles klingt para...«
»Paranoid?«
»Das ist das Wort«, Colin nickte anerkennend mit dem Kopf. »Das klingt sehr paranoid.«
»Heutzutage muß man in gewisser Weise paranoid sein«, sagte Doyle. »Das ist zum Überleben fast notwendig.«
»Glaubst du, daß er uns wiederfinden wird?«
»Nein.« Doyle blinzelte, als sich die Sonne besonders hell auf der Windschutzscheibe spiegelte. »Er wird auf der Interstate bleiben und sich nach Kräften bemühen, uns wiederzufinden.«
»Früher oder später wird ihm klarwerden, daß wir eine Ausfahrt genommen haben.«
»Aber er wird nicht wissen, wo oder wann. Und er kann unmöglich genau wissen, wohin wir gehen.«
»Was ist, wenn er sich ein anderes Opfer aussucht?« wollte Colin wissen. »Wenn er uns einfach verfolgt hat, weil wir zufällig auf derselben Straße fuhren wie er – wird er sich nicht ein anderes Opfer suchen, wenn ihm klargeworden ist, daß wir ihm entwischt sind?«
»Was ist, wenn er das tut?«
»Sollten wir nicht die Polizei informieren?« fragte der Junge.
»Man muß einen Beweis haben, bevor man jemanden beschuldigen kann«, sagte Doyle. »Und selbst wenn wir einen Beweis hätten, einen unwiderlegbaren Beweis, daß der Mann in dem Chevrolet die Absicht hatte, uns etwas Böses anzutun, könnten wir damit nichts anfangen. Wir wissen nicht einmal, *wen* wir beschuldigen sollten, wir haben keinen Namen. Wir haben keine Ahnung, wohin er möchte, davon abgesehen, daß er westwärts fährt. Und wir kennen die Nummer des Lieferwagens nicht, nichts, dem die Polizei nachgehen könnte.« Er sah Colin an, dann wieder auf die

asphaltierte Straße. »Wir können lediglich unseren Sternen danken, daß wir ihn los sind.«
»Schätze schon.«
»Glaub mir.«
Viel später fing Colin wieder an: »Als er uns verfolgte, hinter uns an den Straßenrand fuhr, Gas gab, damit er uns folgen konnte – hattest du da Angst?«
Doyle zögerte einen Augenblick und überlegte, ob er auf eine weniger männliche Reaktion ausweichen sollte: Unbehagen, Besorgtheit, Vorsicht, Mißtrauen. Aber er wußte, daß man bei Colin mit Ehrlichkeit immer am weitesten kam.
»Natürlich hatte ich Angst. Nur ein wenig, aber dennoch Angst. Dazu bestand hinreichend Grund.«
»Ich hatte auch Angst«, gab der Junge ohne Verlegenheit zu. »Aber ich habe immer gedacht, wenn man erwachsen ist, dann muß man vor nichts mehr Angst haben.«
»Manche Ängste überwindet man«, sagte Doyle. »Zum Beispiel... hast du Angst vor der Dunkelheit?«
»Ein wenig.«
»Nun, die wirst du überwinden. Aber alles wirst du nicht überwinden. Und du wirst neue Dinge finden, vor denen du Angst haben kannst.«
Sie überquerten den Mississippi bei Hannibal anstatt bei St. Louis, und dadurch entging ihnen der Gateway Arch völlig. Kurz vor der Abzweigung nach Hiawatha, Kansas, verließen sie die Route 36 und fuhren über eine Reihe zusammenhängender Highways nach Süden, zur Interstate 70 zurück, und um zwanzig Uhr fünfzehn fuhren sie vor dem Plains Motel bei Lawrence, Kansas, vor, wo sie ein Zimmer für die Nacht gebucht hatten.
Das Plains Motel war dem Lazy Time ziemlich ähnlich, aber es hatte nur einen einzigen langen Flügel und war aus grauem Stein und Brettern erbaut, nicht aus Backsteinen.

Das Schild bestand aus denselben grünen und orangefarbigen Neonbuchstaben. Der Getränkeautomat hätte im Lauf des Tages vom Lazy Time bei Indianapolis hierher transportiert worden sein können; die Luft um ihn herum war kühl und von roboterhaften Geräuschen erfüllt.
Alex fragte sich, ob die Geschäftsführung aus einer matronenhaften Frau mit Hochfrisur bestehen würde.
Aber statt dessen war es ein Mann in Doyles Alter. Er war glatt rasiert, das Haar sauber geschnitten. Er hatte ein eckiges, ehrliches amerikanisches Gesicht, das Idealbild für Rekrutierungsplakate. Mit Fernsehwerbespots für Pepsi und Gillette oder mit ganzseitigen Anzeigen für Camel-Zigaretten in allen Zeitschriften hätte er ein Vermögen machen können.
»Mir ist das *Belegt*-Schild aufgefallen«, sagte Doyle. »Ich habe mich gefragt, ob Sie unser Zimmer reserviert haben. Wir sind eine Stunde später als angemeldet, aber...«
»Doyle?« fragte der Mann und entblößte makellos weiße Zähne.
»Ja.«
»Aber sicher habe ich es reserviert.« Er holte ein Formular vom Schreibtisch.
»Gute Nachrichten! Ich kann mir denken, daß Sie sich Sorgen gemacht haben, das Nachsehen zu haben...«
»Ich habe mir überhaupt keine Sorgen gemacht, Mr. Doyle. Wenn Sie es nicht reserviert gehabt hätten, dann hätte ich es an Stinkbiber vermieten müssen.«
Doyle war nach dem ganzen Tag auf der Straße müde und konnte sich nicht zusammenreimen, was der Mann meinte.
»Stinkbiber?«
»Nigger«, sagte der Inhaber. »Sie waren schon dreimal da. Wenn ich Ihre Reservierung nicht gehabt hätte, dann hätte ich einem von ihnen Zimmer 22 für die Nacht überlassen

müssen. Das paßt mir nicht. Ich würde lieber ein Zimmer die ganze Nacht leer stehen lassen, als es einem von denen zu vermieten.«

Doyle war zumute, als würde er die Scheinheiligkeit des Mannes billigen, als er sich ins Gästebuch eintrug. Er fragte sich kurz, warum er, gekleidet und zerknautscht, wie er war, einen besseren Eindruck machte als die Neger, die vor ihm hier gewesen waren.

Als der hübsche junge Mann Doyle den Zimmerschlüssel gab, sagte er: »Was braucht denn dieser T-Bird an Sprit?«

Alex hatte sein Maß Heuchler kennengelernt, und er hatte erwartet, daß dieser, wie alle anderen, mit seinen einstudierten Sprüchen fortfahren würde. Daher überraschte ihn der Themenwechsel. »Sprit? Keine Ahnung. Habe ich nie ausgerechnet.«

»Ich spare auch für so ein Auto. Benzinfresser, aber ich liebe sie. Autos wie diese verraten einem viel über einen Menschen. Wenn man einen Mann mit einem T-Bird sieht, dann weiß man, daß er es geschafft hat.«

Alex betrachtete den Zimmerschlüssel in seiner Hand. »Zweiundzwanzig? Wo ist das?«

»Rechts, ganz am Ende. Nettes Zimmer, Mr. Doyle.«

Alex ging zum Auto hinaus. Er wußte jetzt, warum der Inhaber ihn akzeptiert hatte. Für diesen Mann war der Thunderbird ein Symbol, das über jede andere Realität hinwegsehen ließ. Ein Auto wie dieses verwandelte einen Freak der Gegenkultur in den Augen solcher Leute in einen bloßen Exzentriker. Diese Denkungsart deprimierte Alex. Er hatte nicht damit gerechnet, daß ein Mann hier im Kernland nach seinem Besitz beurteilt wurde.

George Leland verbrachte die Dienstagnacht in einer billigen Absteige drei Meilen westlich vom Plains Motel. Wenngleich es ein winziges Einzelzimmer war, war er nicht immer allein. Courtney war oft dort. Manchmal sah er sie mit dem Rücken zur Wand in einer Ecke stehen. Manchmal saß sie am Fußende des Bettes oder auf dem zerschlissenen, harten Polster des Sessels neben der Badezimmertür. Er war mehr als einmal wütend auf sie und sagte ihr, sie sollte verschwinden. Dann verschwand sie so leise, wie sie gekommen war. Aber dann fehlte sie ihm, und er sehnte sich nach ihr – und dann kam sie zurück, und die billige Absteige sah besser und luxuriöser für ihn aus als das Plains Motel.

Er schlief unruhig.

Zwei Stunden vor der Dämmerung konnte er überhaupt nicht mehr schlafen, daher stand er auf, duschte und zog sich an. Er saß auf dem Bett, wo er mehrere Karten aufgeschlagen hatte, und studierte die Route, die der Mittwoch bringen würde. Er zeichnete sie mit seinen derben Fingern nach.

Leland wußte, irgendwo während dieser sechshundert Meilen würde er sich um Doyle und den Jungen kümmern müssen. Er mußte die Wahrheit nicht mehr vor sich selbst verheimlichen. Courtney hatte ihm geholfen, sich ihr zu stellen. Er mußte sie töten, genauso, wie er den Streifenpolizisten getötet hatte, der versucht hatte, sich zwischen ihn und Courtney zu stellen. Es war viel zu gefährlich, diese Sache noch länger hinauszuzögern. Morgen abend würden sie die halbe Strecke nach San Francisco hinter sich gebracht haben. Wenn Doyle beschloß, ihre Route auf diesem letzten langen Streckenabschnitt völlig zu ändern, dann verlor er sie vielleicht ganz aus den Augen.

Also morgen. Irgendwo zwischen Lawrence, Kansas, und Denver. Dann endlich würde Leland gegen *sie* zurückschlagen, gegen alle, die ihm während der vergangenen zwei Jahre so übel mitgespielt hatten. Dies war ein neuer Anfang. Von jetzt an würde er sich nicht mehr herumschubsen lassen. Er würde alle lehren, ihn zu respektieren. Auch sein Glück würde sich wieder wenden. Wenn Doyle und der Junge aus dem Weg waren, konnten er und Courtney ihr wundervolles Leben wiederaufnehmen. Er würde ihr ein und alles sein, und an ihn würde sie sich klammern.

Am Dienstag abend wenige Minuten vor sechs Uhr kam ein Anruf vom Polizeilabor. Detective Ernie Hoval nahm ihn in seinem karg möblierten Büro im zweiten Stock des Hauptquartiers entgegen. »Geht es um den Fall Pulham?« fragte er, bevor der Mann am anderen Ende etwas sagen konnte. »Wenn nicht, dann sprechen Sie mit jemand anderem. Ich kümmere mich um die Pulham-Angelegenheit, bis sie aufgeklärt ist, und um sonst nichts.«

»Dann bin ich bei Ihnen richtig.« Der Laborangestellte hörte sich ganz wie der kahle, gebückte, hagere Mann an, der sich schon einmal nicht von Detective Hoval hatte einschüchtern lassen. »Wir haben die Fingerabdruckuntersuchung von Washington. Kam gerade über Fernschreiber.«

»Und?«

»Keine Aufzeichnung.«

Hoval kauerte über seinem Schreibtisch, ließ diesen zur Zwergenhaftigkeit schrumpfen, umklammerte mit einer Hand fest den Hörer, mit der geballten Faust der anderen schlug er auf die Schreibtischunterlage. »Keine Aufzeichnung?«

»Ich habe Ihnen gesagt, daß es so sein könnte«, antwortete der Techniker, und es hörte sich fast so an, als gefiele ihm Hovals Enttäuschung. »Ich finde mit jeder verstreichenden Minute mehr, daß dies nach einem Verrückten aussieht.«

»Es ist politisch«, beharrte Hoval, der die Faust immer wieder öffnete und ballte. »Organisierter Polizistenmord.«

»Dem stimme ich nicht zu.«

»Haben Sie gegenteilige Beweise?« fragte Hoval verärgert.
»Nein«, gab der Techniker zu. »Wir untersuchen immer noch das Auto, aber es sieht hoffnungslos aus. Wir haben von jedem Kratzer und jeder Delle Farbproben genommen, aber wer weiß, ob die vom Auto des Mörders stammen. Und wenn es eines davon war – welches?«
»Sie zerpflücken den Streifenwagen?«
»Selbstverständlich. Wir haben ein paar Haare gefunden, Scham- und Kopfhaar. Geschnittene Fingernägel. Verschiedene Arten Boden. Grashalme. Essensreste. Das meiste hat nichts mit dem Killer zu tun. Und selbst wenn einiges von ihm stammt – Haare, ein paar abgerissene Fäden, die wir am Türgriff gefunden haben –, können wir damit nicht viel anfangen, solange wir keinen Verdächtigen haben, zu dem es paßt.«
»Mit Laborarbeit wird sich der Fall nicht aufklären lassen«, stimmte Hoval zu.
»Was haben Sie sonst noch für Anhaltspunkte?«
»Wir versuchen, Pulhams Schicht zu rekonstruieren«, sagte Hoval. »Angefangen mit dem Augenblick, als er den Streifenwagen aus der Garage fuhr.«
»Schon Ergebnisse?«
»Da sind jede Menge Minuten nachzuvollziehen und jede Menge Leute, mit denen man sich unterhalten muß«, sagte Hoval. »Aber wir werden etwas herausfinden.«
»Ein Verrückter«, beharrte der Techniker.
»Da irren Sie sich gewaltig.« Hoval legte auf.
Vor zwanzig Jahren war Hoval Polizist geworden, weil es eine Berufung gewesen war, nicht nur ein Beruf; es war eine Arbeit, die einem Mann ein gerüttelt Maß Ehre und Respekt eintrug. Es war eine harte Arbeit, die Bezahlung unzureichend, aber es gab einem die Möglichkeit, sich in den Dienst der Gesellschaft zu stellen. Die zusätzlichen Vorzüge der

Polizeiarbeit – das Ansehen bei den Nachbarn und der Respekt der eigenen Kinder – waren wichtiger als das Gehalt. Wenigstens war das früher so gewesen...

Heutzutage, dachte Hoval, war ein Polizist nichts weiter als eine Zielscheibe. Alle waren hinter der Polizei her. Schwarze, Liberale, Itaker, Demonstranten für den Frieden, Emanzen – sämtliche übergeschnappten Randgruppen machten die Polizei zum Narren. Heutzutage sah man auf einen Polizisten bestenfalls herunter wie auf einen Hanswurst. Schlechtestenfalls betrachtete man ihn als einen Faschisten, und jene revolutionären Gruppen, um die sich außer Polizisten überhaupt niemand auch nur einen Scheißdreck zu kümmern schien, verurteilten ihn zum Tode...

Das alles hatte 1963 angefangen, mit Kennedy und Dallas. Und während des Krieges war es viel, viel schlimmer geworden. Das wußte Hoval, auch wenn er sich nicht erklären konnte, wie das Attentat und der Krieg so viele Menschen so grundlegend verändert hatten. In der Geschichte Amerikas hatte es schon früher politische Morde gegeben, aber keiner hatte die Gesellschaft so nachhaltig verändert. Und es hatte andere Kriege gegeben, die, wenn überhaupt, den Faden der Moral noch stärker gewirkt hatten. Dieser Krieg hatte den gegenteiligen Effekt gehabt. Den Grund dafür konnte er nicht sagen – abgesehen davon, daß die Kommunisten und andere revolutionäre Gruppen schon lange einen Grund zum Handeln gesucht hatten –, aber er wußte, daß es stimmte.

Er dachte an Pulham, das jüngste Opfer dieser Veränderungen, und er ballte seine beiden großen Hände zu Fäusten. Es *war* eine politische Sache. Und früher oder später würden sie die Dreckskerle erwischen.

Mittwoch, 7.00 Uhr – Donnerstag, 7.00 Uhr

7

Der Morgen kündigte Regen an. Sanft wogende Felder zarter, grüner Weizenschößlinge erstreckten sich bis zum Horizont, ein grüner Teppich unter dem niederen Himmel dahinrasender Wolken. Hier und da in der zum Verrücktwerden flachen Landschaft ragten gewaltige Getreidesilos aus Beton wie riesige Blitzableiter empor, als wollten sie dem aufziehenden Sturm trotzen.

Das gefiel Colin. Er deutete ständig auf die Getreidesilos und die gelegentlichen, an Skelette gemahnenden Ölbohrtürme, die sich wie Wachtürme von Gefängnissen in der Ferne erhoben. »Großartig, nicht?«

»Dieses Land ist genauso flach wie Indiana und Missouri«, sagte Doyle.

»Aber hier ist *Geschichte.*« Heute trug der Junge ein rotschwarzes Frankenstein-T-Shirt. Es war aus seiner Cordhose herausgerutscht, aber er achtete nicht darauf.

»Geschichte?« fragte Doyle.

»Hast du noch nie vom Old Chisholm Trail gehört? Oder dem Santa Fe Trail? Alle berühmten alten Westernstädte sind hier«, sagte der Junge ganz aufgeregt. »Hier haben wir Abilene und Fort Riley, Fort Scott, Pawnee Rock, Wichita, Dodge City und das alte Boot Hill.«

»Ich wußte gar nicht, daß du ein Fan von Westernfilmen bist.« Doyle lachte.

»Bin ich auch nicht besonders. Aber es ist trotzdem aufregend.«

Alex betrachtete die weiten Ebenen und versuchte, sie sich so vorzustellen, wie sie einmal gewesen waren: Sanddünen, Staub, Kakteen, ein wildes, unzugängliches, von Menschen kaum berührtes Land. Ja, einst mußte es hier romantisch gewesen sein.

»Hier waren Indianerkriege«, fuhr Colin fort. »Und John Brown löste 1856 in Kansas einen kleinen Bürgerkrieg aus, als er und seine Söhne fünf Sklavenhalter in Pottawatomie Creek ermordeten.«

»Ich wette, du kannst das nicht schnell fünfmal hintereinander sagen.«

»Einen Dollar?« fragte Colin.

»Gilt.«

»Pottawatomie, Pottawatomie, Pottawatomie, Pottawatomie, Pottawatomie! Du schuldest mir einen Dollar«, triumphierte er, am Ende ganz außer Atem.

»Setz ihn mir auf die Rechnung«, sagte Doyle. Er fühlte sich jetzt gelöst und behaglich, da die Reise wieder so verlief, wie sie sie geplant hatten.

»Weißt du, wer noch aus Kansas stammt?«

»Wer?«

»Carry Nation.« Colin kicherte. »Die Frau, die umherzog und Saloons mit einer Axt zertrümmerte.«

Sie fuhren an einem weiteren Getreidesilo vorbei, das sich am Ende eines geraden, asphaltierten Weges befand.

»Woher weißt du das alles nur?« fragte Doyle.

»Das habe ich nur aufgeschnappt«, antwortete Colin. »Hier etwas und da etwas.«

Hin und wieder fuhren sie an einem unbebauten Flecken Land vorbei, weite Flächen fruchtbarer brauner Erde, die wie sauber ausgebreitete Tischtücher aussahen. Aus einer davon sog ein fünfzehn Meter hoher Wirbelwind Staub zu einer kompakten, kreisenden Säule wirbelnder Frühlingsluft empor.

»Hier hat auch Dorothy gelebt«, sagte Colin und betrachtete den Wirbelwind.
»Dorothy Wer?«
»Das Mädchen in *Der Zauberer Oz*. Weißt du nicht mehr, sie wurde von einem gewaltigen Wirbelsturm nach Oz getragen.«
Alex wollte gerade antworten, als ihn das laute Plärren einer Autohupe von hinten erschreckte. Er sah in den Rückspiegel und sog die Luft zwischen den Zähnen ein, als er den Chevrolet-Lieferwagen erkannte. Er war nicht mehr als zwei Meter von ihrer Stoßstange entfernt. Der unsichtbare Fahrer hämmerte mit der Hand auf die Hupe: *Tuut, tuut, tuut, tuut, tuut, tuuuuut!*
Doyle sah auf den Tacho und stellte fest, daß sie mehr als siebzig fuhren. Wäre er von der Hupe so erschreckt worden, daß er auf die Bremse getreten hätte, dann wäre der Chevrolet in sie hineingerast, und sie wären jetzt alle tot.
»Dummer Scheißkerl«, sagte er.
Tuut, tuuuuut, tuuuuut ...
»Ist er es?« fragte Colin.
»Ja.«
Der Lieferwagen fuhr jetzt so dicht auf, daß Doyle nicht einmal mehr die Stoßstange und das untere Drittel des Kühlers sehen konnte.
»Warum hupt er?« fragte Colin.
»Ich weiß nicht... Ich vermute – damit wir wissen, daß er wieder da ist.«

8

Die Hupe des Lieferwagens spielte ein monotones Konzert.
»Glaubst du, er will, daß wir anhalten?« fragte Colin, legte die zierlichen Hände auf die Knie und beugte sich wie unter innerer Belastung nach vorne.
»Ich weiß nicht.«
»Wirst du anhalten?«
»Nein.«
Colin nickte. »Gut. Ich finde nicht, daß wir anhalten sollten. Ich finde, wir sollten weiterfahren, was immer auch geschieht.«
Doyle rechnete damit, daß der Fremde jetzt jeden Augenblick zu hupen aufhörte und den Lieferwagen auf seinen üblichen Abstand von einer Viertelmeile zurückfallen lassen würde. Statt dessen hielt er einfach Schritt, mittlerweile nur noch einen Meter von ihrem Heck entfernt, raste mit siebzig Meilen dahin und hupte unablässig.
Einerlei, ob der Mann in dem Chevy so gefährlich war wie ein Charles Manson oder Richard Speck, er war auf jeden Fall gestört. Es bereitete ihm eine Art Vergnügen, vollkommen Fremde zu terrorisieren, und das war alles andere als normal. Doyle wußte mehr als je zuvor, daß er diesem Mann nicht von Angesicht zu Angesicht gegenübertreten und das ganze Ausmaß seines Wahnsinns herausfinden wollte.
Tuut, tuut, tuuuuut...
»Was können wir tun?« fragte der Junge.
Doyle sah ihn an. »Sicherheitsgurt umgelegt?«
»Natürlich.«
»Dann werden wir ihm wieder davonfahren.«
»Und auf Landstraßen nach Denver fahren?«
»Ja.«
»Dann wird er uns morgen wieder aufspüren, wenn wir von Denver nach Salt Lake City aufbrechen.«

»Das wird er nicht«, sagte Doyle.
»Woher willst du das wissen?«
»Er ist kein Hellseher«, sagte Doyle. »Er hat einfach Glück gehabt, das ist alles. Er ist zufällig in derselben Gegend geblieben, in der wir übernachtet haben – und er ist ebenfalls zufällig jeden Morgen etwa um dieselbe Zeit aufgebrochen wie wir auch. Es ist reiner Zufall, daß er uns immer wieder aufspürt.«
Er wußte, dies war die einzige vernünftige Erklärung, so fadenscheinig sie auch sein mochte, die einzige, die einen gewissen Sinn ergab. Und dennoch glaubte er kein Wort davon.
»In den Zeitungen hat man schon von Tausenden verrückteren Zufällen gelesen. Ständig.« Er redete jetzt nur noch, um den Jungen zu beruhigen. Seine alte, verabscheute Angst hatte sich wieder eingestellt, und er wußte, daß er sich erst wieder beruhigen würde, wenn sie wohlbehalten in San Francisco angelangt wären.
Er trat auf das Gaspedal.
Der Thunderbird schnellte vorwärts und öffnete eine Lücke zwischen ihnen und dem Chevrolet. Diese Lücke wurde zusehends größer, wenngleich auch der Chevrolet beschleunigte.
»Du wirst viel mehr fahren müssen, wenn wir wieder über Landstraßen fahren«, sagte der Junge mit Mißfallen in der Stimme.
»Nicht unbedingt. Wir können nach Norden fahren und wieder auf die Route 36«, sagte Doyle und beobachtete, wie der Lieferwagen im Rückspiegel kleiner wurde. »Das ist eine ziemlich gute Straße.«
»Das bedeutet trotzdem einige Extrastunden. Gestern warst du wirklich müde, als wir im Motel ankamen.«
»Ich komme schon zurecht«, sagte Doyle. »Mach dir um mich keine Sorgen.«

Sie nahmen die Verbindungsstraße 77 nach Norden zur Route 36 und fuhren durch das obere Drittel des Staates nach Westen.
Colin fand die Felder, Getreidesilos, Ölbohrtürme und Sandstürme nicht besonders interessant. Er schenkte der Landschaft kaum mehr einen Blick. Er steckte das Frankenstein-T-Shirt in die Hose und strich es glatt, klopfte Rhythmen auf seinen mageren Knien, putzte seine Brille und strich sich das Hemd noch einmal glatt. Die Minuten krochen dahin wie Schnecken.

Leland verringerte die Geschwindigkeit des Lieferwagens auf siebzig; die Möbel und Haushaltswaren im Rückteil, die lautstark klapperten, wenn er schneller fuhr, beruhigten sich wieder. Er betrachtete das goldene, transparente Mädchen neben sich. »Sie müssen irgendwo abgebogen sein. Wir werden sie erst einholen, wenn wir heute abend in Denver sind.«
Sie sagte nichts.
»Ich hätte zurückbleiben sollen, bis ich eine Möglichkeit sah, sie von der Straße zu drängen. Ich hätte es nicht gleich so auffällig machen dürfen.«
Sie lächelte nur.
»Nun«, sagte er, »ich schätze, du hast recht. Der Highway ist zu übersichtlich, um sie dort zu erledigen. Heute nacht im Motel wird es besser sein. Ich kann es mit dem Messer erledigen, wenn ich mich zu ihnen schleichen kann. Das macht wenigstens keinen Lärm. Und dort werden sie sicher keine Gefahr erwarten.«
Die Felder rasten vorbei. Der bleierne Himmel sank noch tiefer, Regen platschte auf die Windschutzscheibe. Die Wischer klopften hypnotisch, wie eine Keule, die immer wieder in etwas Weiches und Warmes geschlagen wurde.

9

Das Rockies Motor Hotel am östlichen Stadtrand von Denver war ein riesiger Komplex in der Form eines zweigeschossigen Scherengitters, jeder der vier langen Flügel hatte einhundert Zimmer. Trotz der Größe – beinahe zwei Meilen Freiluftkorridore mit Betonböden und Blechdächern – schien es winzig zu sein, denn es stand im architektonischen Schatten der Wolkenkratzer der Stadt, und, noch wichtiger, in Sichtweite der eindrucksvollen, schneebedeckten Rocky Mountains, die im Westen und Süden aufragten. Am Tag spiegelte sich die Hochlandsonne auf den Reihen der Doppelfenster und den Regenrohren aus Stahl, sie verwandelte die Flächen der langen Korridordächer in Zerrspiegel und glitzerte auf dem olympischen Swimmingpool im Zentrum des Innenhofs im mittleren Quadrat. Nachts leuchteten in den meisten Zimmern warme orangefarbene Lampen hinter den Vorhängen, und auch im Pool und um den Pool herum blinkten Scheinwerfer; die Fassade des Motels war ein Lichtermeer aus gelben, weißen und roten Lichtern, die hauptsächlich dazu dienten, die Aufmerksamkeit auf das Büro, die Lobby, das Restaurant und die Big Rockies Cocktail Lounge zu lenken.

Aber Mittwoch nacht um zehn Uhr war das Motel spärlich erleuchtet und kahl. Wenngleich sämtliche üblichen Lichter leuchteten, konnten sie nicht den grauen Regen und die Spuren nächtlichen Nebels vertreiben, die eine Erinnerung an die Kälte des Winters waren, die sich noch nicht lange aus der Stadt zurückgezogen hatte. Der kalte Regen prasselte auf den asphaltierten Parkplatz, trommelte auf den Autoreihen und peitschte gegen die Panoramascheiben von Lobby und Restaurant. Er pochte beharrlich auf die Dächer und Wellblechüberdachungen der Korridore in sämtlichen Flügeln, ein angenehmes Geräusch, das fast die meisten Gäste in einen raschen Schlaf wiegte. Der Regen klatschte lärmend in den Swimmingpool und bildete Pfützen am Fuß der Fichten und der anderen immergrünen Bäume, die auf dem gepflegten Gelände standen. Er ergoß sich aus den Regenrinnen und strömte gurgelnd in Abflüsse am Straßenrand, und er bildete kurzlebige Lachen über den Gullys. Der Nebel schließlich gelangte überall dorthin, wohin der Regen nicht gelangen konnte, er schlug sich auf Fensterscheiben und Emailletüren der numerierten Zimmer nieder.

Im Zimmer 318 saß Alex Doyle auf dem Rand eines Doppelbetts und lauschte gleichzeitig dem Regen auf dem Dach und Colin, der am Telefon mit Courtney sprach.

Der Junge erwähnte den Mann in dem Mietwagen nicht. Er hatte sie im Verlauf des langen Nachmittags nicht mehr eingeholt. Und er konnte unmöglich wissen, wo sie die Nacht verbringen würden... Selbst wenn dieses Spiel ihn mittlerweile so sehr reizte, daß er Umwege in Kauf nahm, um es weiterzuspielen, würde ihn das schlechte Wetter entmutigen; er würde nicht alle Motels entlang der Interstate absuchen, um den Thunderbird zu finden – nicht heute nacht, nicht im Regen. Es war unnötig, Courtney mit den Einzelheiten der Gefahr zu beunruhigen, die vorüber war und die, wie Doyle mittlerweile dachte, eigentlich von vornherein keine besonders große Gefahr gewesen war.

Colin war fertig und reichte Doyle den Hörer.

»Wie gefällt *dir* denn Kansas?« fragte sie, nachdem er hallo gesagt hatte.

»Es war eine Ausbildungsfahrt.«

»Mit Colin als Lehrer.«

»Genauso ist es.«

»Alex, stimmt etwas nicht mit ihm?«

»Mit Colin?«

»Ja.«
»Alles in Ordnung. Warum fragst du?«
Sie zögerte. Die Leitung zwischen ihnen zischte leise wie ein Echo des auf das Dach prasselnden Regens. »Nun... er ist nicht so überschwenglich wie sonst.«
»Selbst Colin wird einmal müde.« Doyle blinzelte dem Jungen zu.
Colin nickte grimmig. Er wußte, was seine Schwester fragte und was Alex ihr nicht erzählen wollte. Als er mit ihr gesprochen hatte, hatte Colin versucht, möglichst natürlich zu klingen. Aber seine einstudierte Schwatzhaftigkeit hatte die Angst, die seit dem Auftauchen des Lieferwagens heute morgen auf Sparflamme in ihm kochte, nicht ganz verbergen können.
»Das ist alles?« fragte Courtney. »Nur Müdigkeit?«
»Was sonst?«
»Nun...«
»Wir sind beide reisemüde«, unterbrach Doyle sie. Er wußte, sie spürte genau, daß mehr daran war als das. Manchmal verfügte sie eindeutig über hellseherische Fähigkeiten. »Sicher, auf einer Fahrt quer durch das ganze Land gibt es eine Menge zu sehen, aber es handelt sich größtenteils genau um das, was man zehn Minuten vorher auch schon gesehen hat und zehn Minuten *davor*.«
Er wechselte das Thema, bevor sie auf weiteren Einzelheiten bestehen konnte. »Sind schon Möbel gekommen?«
»O ja!« sagte sie. »Das Schlafzimmer!«
»Und?«
»Genauso, wie es in dem Ausstellungsraum aussah. Und die Matratze ist hart, aber außerordentlich elastisch.«
Er nahm einen gespielt argwöhnischen Tonfall an. »Woher weißt du das – wo dein Mann doch noch das halbe Land von dir entfernt ist?«

»Ich bin bestimmt fünf Minuten lang darauf herumgehüpft.« Sie kicherte leise. »Zum Ausprobieren, weißt du?«
Er lachte und stellte sich das schlanke, langhaarige Mädchen mit dem elfenhaften Gesicht vor, das glücklich auf ihrem Ehebett herumsprang, als wäre es ein Trampolin.
»Und weißt du was, Alex?«
»Was?«
»Ich war nackt, als ich es ausprobiert habe. Wie gefällt dir das?«
Er hörte auf zu lachen. »Das gefällt mir sehr.« Seine Stimme klang belegt. Er merkte, daß er idiotisch grinste, obwohl Colin zuhörte und zusah. »Warum quälst du mich so?«
»Nun, ich denke immerzu, du könntest auf dem Highway eine tolle Frau treffen und mit ihr durchbrennen. Ich möchte nicht, daß du mich vergißt.«
»Das könnte ich nicht«, sagte er und meinte jetzt nicht mehr nur den Sex. »Ich könnte dich nicht vergessen.«
»Nun, ich bin meiner Sache gerne sicher. Und... he, ich glaube, ich habe einen Job gefunden!«
»Schon?«
»Es soll eine neue Stadtillustrierte erscheinen, und sie brauchen einen Fotografen, eine Vollzeitbeschäftigung. Keine langweiligen Layout-Arbeiten. Nur fotografieren. Ich habe eine Verabredung, ihnen morgen mein Portfolio zu zeigen.«
»Hört sich großartig an.«
»Für Colin wäre es auch gut«, sagte sie. »Es ist kein Bürojob. Ich werde überall in der Stadt unterwegs sein und Aufnahmen machen. Das dürfte ein ziemlich ausgelasteter Sommer für ihn werden.«
Sie unterhielten sich nur noch ein paar Minuten, dann sagten sie einander auf Wiedersehen. Als er den Telefonhörer aufgelegt hatte, schien das Trommeln des Regens plötzlich lauter zu werden.

Später, als sie in dem unglaublich finsteren Raum in ihren Betten lagen und darauf warteten, daß der Schlaf kommen würde, seufzte Colin und sagte: »Nun, sie hat gewußt, daß etwas nicht stimmt, oder?«
»Ja.«
»Man kann Courtney nichts vormachen.«
»Jedenfalls nicht sehr lange«, sagte Doyle, sah zur dunklen Decke empor und dachte an seine Frau.
Die Dunkelheit schien anzuschwellen, zu schrumpfen und wieder anzuschwellen, als wäre sie lebendig; sie preßte sich warm auf sie herab wie eine Decke.
»Glaubst du wirklich, daß wir ihn abgehängt haben?« fragte der Junge.
»Klar.«
»Wir dachten schon einmal, daß wir ihn abgehängt haben.«
»Diesmal können wir sicher sein.«
»Ich hoffe, du hast recht.« Colin seufzte. »Es ist ein echter Irrer, wer immer er sein mag.«
Die prasselnde, gedämpfte Musik des Frühlingsregens wiegte allmählich den Jungen und dann Doyle in den Schlaf . . .

Der Regen fiel so beharrlich wie ehedem, als Colin ihn weckte. Er stand neben Doyles Bett, schüttelte den Mann an der Schulter und flüsterte drängend: *»Alex! Alex, wach auf! Alex!«*
Doyle richtete sich benommen und etwas verwirrt im Bett auf. Sein Mund war pelzig, er hatte einen schlechten Geschmack darin. Er blinzelte und bemühte sich, etwas zu sehen, bis ihm klar wurde, daß es immer noch mitten in der Nacht und das Zimmer pechschwarz war.
»Alex, bist du wach?«
»Ja. Was ist denn?«
»Da ist jemand an der Tür«, sagte der Junge.

Alex sah genau in die Richtung der Stimme, konnte den Jungen aber nicht erkennen. »An der Tür?« fragte er dümmlich, immer noch nicht wach genug zu begreifen, was vor sich ging.

»Er hat mich geweckt«, flüsterte Colin. »Ich höre ihm jetzt schon drei oder vier Minuten zu. Ich glaube, er versucht, das Schloß aufzubrechen.«

10

Über den Hintergrund des Regenprasselns hinweg konnte jetzt auch Alex die seltsam tastenden Laute hören, die von der anderen Seite der Tür kamen. In der warmen, engen, anonymen Dunkelheit schienen die Geräusches des im Schloß hin und her gleitenden Drahtes lauter zu sein, als sie tatsächlich waren. Seine Angst wirkte zusätzlich als Verstärker.

»Hörst du ihn?« fragte Colin. Seine Stimme brach zwischen den beiden letzten Worten und wurde eine Tonlage schriller. Doyle streckte die Hand aus, ertastete den Jungen und legte ihm eine Hand auf die knochige Schulter. »Ich höre ihn, Colin«, flüsterte er und hoffte, seine eigene Stimme würde nicht brechen. »Schon gut. Niemand wird hier hereinkommen. Niemand wird dir etwas tun.«

»Aber das muß *er* sein.«

Doyle sah auf die Armbanduhr, die einzige Lichtquelle in dem kleinen Zimmer. Die Leuchtziffern sprangen ihm deutlich umrissen entgegen: sieben Minuten nach drei Uhr morgens. Um diese Zeit hatte niemand einen legitimen Grund, das Schloß eines Hotelzimmers zu öffnen . . . Was dachte er da nur? Es gab zu keiner Zeit einen legitimen Grund für so etwas, Tag oder Nacht.

»Alex, was ist, wenn er hereinkommt?«
»Pssst«, sagte Doyle, trat die Decke zurück und stand vom Bett auf.
»Was *dann*?«
»Wird er nicht.«
Doyle ging zur Tür und war sich dabei bewußt, daß Colin dicht hinter ihm ging. Er beugte sich nach unten und lauschte am Schloß. Metall kratzte auf Metall, klickte, schabte, kratzte erneut.
Er machte einen Schritt beiseite zum einzigen Fenster des Zimmers gleich neben der Tür. Behutsam, um kein Geräusch zu machen, hob er die schweren Vorhänge beiseite, dann die kalte Jalousie. Er wollte nach rechts sehen, in den überdachten Korridor, wo der Mann am Schloß hantierte, aber er mußte feststellen, daß ein feiner Nebel die Scheibe überzog und sie vollkommen milchig machte. Er konnte überhaupt nichts sehen, abgesehen vom vagen diffusen Leuchten einiger verstreuter Motellichter, die die Dunkelheit draußen erträglicher machten als die im Zimmer.
Mit ebensoviel Sorgfalt, wie er sie gehoben hatte, ließ er Jalousie und Vorhänge wieder sinken. Er sah keinen Grund mehr, dieses Schweigen zu wahren, aber er machte sich dennoch die Mühe, auch wenn er damit wertvolle Sekunden verschwendete . . . Er wußte, jeden Augenblick würde er eine Entscheidung treffen müssen, eine Reaktion auf den Eindringling zeigen – aber er wußte nicht, ob er gegen denjenigen handeln konnte, der draußen war.
Er ging wieder zur Tür.
Der Teppich war drahtig und kitzelte seine bloßen Füße.
Colin war bei der Tür geblieben, er war stumm und unsichtbar in dem Onyxschatten und hatte wahrscheinlich zuviel Angst, um sich zu bewegen oder zu sprechen.
Der eisige Laut des im Schloß kratzenden Drahtes war so

beharrlich und laut wie vorher. Alex mußte an das Skalpell eines Chirurgen denken, das auf die harte Oberfläche eines Knochens gestoßen ist.
»Wer ist da?« fragte Doyle schließlich. Die Festigkeit und Härte seiner Stimme überraschte ihn selbst. Er war sogar überrascht, daß er überhaupt sprechen konnte.
Der Draht hörte auf, sich zu bewegen.
»Wer ist da?« fragte Doyle noch einmal, diesmal lauter, aber dafür mit weniger echtem Mut, dafür mit mehr gespielter Tapferkeit als zuvor.
Rasche Schritte – eindeutig die eines großen Mannes – ertönten auf dem Betonweg und wurden rasch vom steten Dröhnen des Sturms verschluckt.
Sie warteten und lauschten angestrengt. Aber der Mann war verschwunden.
Alex tastete nach dem Lichtschalter neben der Tür und fand ihn.
Einen Augenblick waren sie beide von dem plötzlichen Aufleuchten geblendet. Dann nahmen sie wieder die vertrauten Linien des nüchtern gebauten Motelzimmers wahr.
»Er wird wiederkommen«, sagte Colin.
Der Junge stand neben dem Tisch, er trug lediglich Unterhosen und seine Brille mit den Colaflaschengläsern. Seine braunen Beine zitterten unkontrolliert, die knochigen Knie schlugen beinahe aufeinander. Doyle, der ebenfalls in Unterwäsche dastand, fragte sich, ob sein eigener Körper seine Verfassung ebenso deutlich verriet.
»Vielleicht nicht«, sagte er. »Er weiß jetzt, daß wir wach und auf der Hut sind, daher wird er es vielleicht nicht wagen wiederzukommen.«
Colin war fest überzeugt. »Er wird.«
Doyle wußte, was die Situation erforderte, aber er wollte sich dem nicht stellen. Er wollte nicht in den Regen hinaus-

gehen und nach dem Mann suchen, der versucht hatte, ihr Schloß aufzubrechen.

»Wir könnten die Polizei anrufen«, sagte Colin.

»Wir haben immer noch nichts, das wir ihnen erzählen könnten, keinen Beweis. Wir würden uns wie zwei stammelnde Irre anhören.«

Colin ging zum Bett zurück, setzte sich darauf und zog die Decke um sich, so daß er wie ein amerikanischer Miniaturindianer aussah.

Doyle ging ins Bad, schenkte sich ein Glas Wasser ein und trank es langsam, mit Schwierigkeiten beim Schlucken.

Als er das Glas ausschwenkte und wieder auf die Ablage aus imitiertem Marmor stellte, sah er sein Gesicht im Spiegel. Er war blaß und hager. Die Angst war in schmerzlich offensichtlichen Linien um seinen blutleeren Mund und die Augen herum eingeätzt. Es gefiel ihm nicht, was er da sah, und er konnte kaum seinen eigenen Blick ertragen.

Mein Gott, dachte er, verschwindet der ängstliche kleine Junge denn niemals und macht dem Mann Platz? Wirst du niemals darüber hinwegkommen, Alex? Wirst du dir dein ganzes Leben lang so leicht angst machen lassen? Gerade jetzt, wo du eine Frau hast, die du beschützen mußt? Glaubst du, Colin wird vielleicht so schnell erwachsen werden, daß er sich um dich und Courtney kümmern kann?

Wütend auf sich selbst, beschämt, aber auch unbestreitbar ängstlich, wandte er sich wieder von dem Spiegel und seinem eigenen vorwurfsvollen Ebenbild ab und ging ins Zimmer zurück.

Colin hatte sich nicht vom Bett bewegt oder die Decke von den Schultern genommen. Er sah Doyle an, und hinter den dicken Brillengläsern wirkten seine großen Augen noch größer. »Was hätte er getan, wenn es ihm gelungen wäre, das Schloß aufzubrechen, ohne uns zu wecken?«

Doyle stand in der Mitte des Zimmers und wußte nicht, was er darauf antworten sollte.
»Wenn er zu uns hereingekommen wäre, was hätte er getan? Wie du gesagt hast, als dies alles anfing – wir haben nichts, das sich zu stehlen lohnt.«
Doyle nickte dümmlich.
»Ich glaube, es ist genauso, wie du es gesagt hast«, fuhr Colin fort. »Ich glaube, er ist einer von den Leuten, über die man in der Zeitung liest. Ich glaube, er ist ein Wahnsinniger.« Seine Stimme war fast unhörbar geworden.
Wenngleich er wußte, daß es keine richtige Antwort und zudem wahrscheinlich gelogen war, sagte Alex: »Nun . . . jetzt ist er weg.«
Colin sah ihn nur an.
Der Ausdruck des Jungen hätte alles bedeuten können oder nichts. Aber Alex sah darin aufkommende Zweifel und eine allmähliche Neueinschätzung seiner selbst. Der Junge revidierte seine Vorstellung, die er von ihm hatte, so sicher, wie der Regen auf das Dach prasselte. Und wenngleich Colin viel zu intelligent war, um jemanden nach absoluten Maßstäben oder Kategorien einzustufen, zu klug, um in Schwarz oder Weiß zu denken, so veränderte sich seine Meinung über Doyle in diesem Augenblick doch zum Schlechteren, einerlei, wie minimal auch immer.
Aber, fragte Doyle sich selbst, hatte die Meinung eines Kindes wirklich eine solche Bedeutung für ihn? Doch er wußte auf der Stelle, wenn es um dieses Kind ging, dann lautete die Antwort ja. Doyle hatte sein ganzes Leben lang Angst vor Menschen gehabt, er war zu schüchtern gewesen, jemanden zu nahe an sich heranzulassen. Er war seiner selbst zu unsicher gewesen, um das Risiko einzugehen, sich zu verlieben. Bis er Courtney kennengelernt hatte. Und Colin. Und jetzt war es ihm wichtiger als alles auf der Welt, was für eine Meinung sie von ihm hatten.

Er hörte seine eigene Stimme, als wäre sie die von jemand anderem. »Ich denke, ich gehe besser einmal hinaus und sehe mich um. Wenn ich ihn sehe, herausfinden kann, wie er aussieht, die Nummer seines Lieferwagens aufschreiben kann . . . Dann wissen wir wenigstens etwas über unseren Gegner. Er wird nicht mehr so geheimnisvoll sein – und damit weniger furchteinflößend.«

»Und wenn er etwas Ernstes versucht«, sagte Colin, »haben wir eine Beschreibung, die wir der Polizei geben können.«

Doyle nickte benommen, dann ging er zur Schranktür und holte die zerknitterten, schmutzigen Kleidungsstücke heraus, die er gestern angehabt hatte. Er zog sich an.

Wenige Minuten später stand er vor der Tür und sah noch einmal zu Colin. »Kommst du alleine zurecht?«

Der Junge nickte und zog die Decke fester um sich.

»Du wirst die Tür abschließen, wenn ich hinausgehe – und ich nehme keinen Schlüssel mit. Mach keinem auf, außer mir. Und mir auch nur dann, wenn du meine Stimme eindeutig erkennst.«

»Okay.«

»Ich werde nicht lange wegbleiben.«

Colin nickte noch einmal. Dann brachte er sogar ein wenig Galgenhumor zustande, sosehr er auch um sich selbst und Alex Angst haben mochte. »Du solltest auf dich aufpassen. Es wäre vollkommen geschmacklos für einen Künstler, sich an einem so billigen, trostlosen Ort umbringen zu lassen.«

Doyle lächelte grimmig. »Auf gar keinen Fall.« Dann ging er nach draußen und vergewisserte sich, daß die Tür hinter ihm ins Schloß gefallen war.

Früher an diesem Abend und etwa fünfzehnhundert Meilen östlich öffnete Detective Ernie Hoval die Eingangstür eines Dreißigtausend-Dollar-Ranchhauses mit drei Schlafzimmern in einer netten Mittelschichtgegend zwischen Cambridge und Cadiz, Ohio, dicht an der Route 22, und betrat eine Diele, die buchstäblich in Blut schwamm. Große rote Flecken verschmierten die Wände an beiden Seiten, wo verzweifelte Hände an der Tapete abgerutscht waren. Dicke Blutstropfen machten den Teppich und den mit gelbem Brokat bespannten Polstersessel neben der Kleiderschranktür fleckig.

Hoval machte die Tür zu und betrat das Wohnzimmer, wo eine tote Frau halb auf dem Sofa und halb auf dem Boden lag. Sie war Ende Vierzig gewesen, ansehnlich, wenn auch nicht unbedingt hübsch, groß und dunkel. Sie hatte einen Schuß aus einer Schrotflinte in den Magen abbekommen.

Zeitungsreporter und Laborfotografen umkreisten sie wie Wölfe. Vier Labortechniker, so lautlos wie ein Quartett Taubstummer, krochen auf Händen und Knien durch das große Zimmer, maßen und kartographierten das Fleckenmuster des Blutes, das in jede Nische und Ecke gespritzt zu sein schien. Wahrscheinlich kämpften sie mit aller Kraft gegen die Übelkeit.

»Mein Gott«, sagte Hoval.

Er ging durch das Wohnzimmer und dann einen schmalen Flur entlang zum ersten Badezimmer, wo ein außerordentlich hübsches Mädchen, ein Teenager, vor einer blutverschmierten Kommode lag. Sie hatte außer einem knappen hellblauen Slip nichts an und hatte einen Schuß in den Hinterkopf abbekommen. Das Bad war noch blutiger als Diele und Wohnzimmer zusammen.

Im kleinsten Schlafzimmer lag ein gutaussehender, langhaariger und bärtiger Junge auf dem Rücken im Bett, hatte die Bettdecke bis zum Knie hochgezogen und die Hände friedlich über der Brust gefaltet. Die pastellfarbene Decke war mit Blut vollgesogen und in der Mitte von Schrotkugeln durchlöchert. Ein Poster der Rolling Stones, das über dem Bett hing, wies rote Spritzer auf und war an den Rändern feucht gerollt.

»Ich dachte, Sie würden ausschließlich am Fall Pulham arbeiten.«

Hoval drehte sich zu dem Sprecher um und sah den unscheinbaren Laborangestellten vor sich, der in Pulhams Auto die Fingerabdrücke des Mörders genommen hatte. »Ich habe den Bericht über die Entdeckung gelesen und dachte, dies könnte vielleicht damit in Zusammenhang stehen. Hört sich ziemlich ähnlich an.«

»Eine Familienangelegenheit«, sagte der Labormann.

»Haben sie bereits einen Verdächtigen?«

»Sie haben bereits ein *Geständnis*«, sagte der Techniker und sah desinteressiert zu dem Jungen im Bett.

»Wer?«

»Ehemann und Vater.«

»Er hat seine eigene Familie umgebracht?« Dies war nicht das erste Mal, daß Hoval es mit so einem Fall zu tun hatte, aber er war dennoch immer wieder schockiert. Seine eigene Frau und seine Kinder bedeuteten ihm zuviel, waren zu sehr Bestandteil seines eigenen Lebens, als daß er jemals hätte verstehen können, wie ein anderer Mann es über sich bringen konnte, sein eigen Fleisch und Blut abzuschlachten.

»Er hat auf die Beamten gewartet, die ihn festgenommen haben«, fuhr der Techniker fort. »Er war derjenige, der sie angerufen hat.«

Hoval fühlte sich elend.

»Was Neues im Fall Pulham?«

Hoval lehnte sich an die Wand, erinnerte sich an das Blut, schreckte zurück und suchte nach Flecken. Aber die Wand an dieser Stelle war sauber. Er lehnte sich unbehaglich wieder dagegen, Kälte kroch sein Rückgrat empor. »Wir glauben,

wir haben etwas«, sagte er zu dem Techniker. »Es könnte sein, daß es in Breen's Café an der Interstate angefangen hat.« Er faßte zusammen, was sie von Janet Kinder erfahren hatten, der Kellnerin, die Montag mittag einem unbekannten komischen Vogel sein Mittagessen serviert hatte. »Wenn Pulham diesem Mann gefolgt ist – und das scheint immer wahrscheinlicher zu sein –, dann fährt unser Killer in einem Mietwagen Richtung Kalifornien.«
»Das sind aber kaum hinreichende Daten, um eine Suchmeldung rauszulassen, nicht?«
Hoval nickte düster. »Auf der I 70 müssen Tausende Automover in Richtung Westen unterwegs sein. Es wird Wochen dauern, sie alle durchzugehen, die Fahrer zu überprüfen und den Dreckskerl zu finden, der es getan hat.«
»Konnte die Kellnerin eine Beschreibung geben?« fragte der Labortechniker.
»Ja. Sie ist mannstoll, daher erinnert sie sich sehr gut an Einzelheiten.« Er wiederholte die Beschreibung, die sie von der Kellnerin bekommen hatten.
»Ich finde, das hört sich nicht nach einem linken Revolutionär an«, überlegte der Labortechniker. »Mehr nach einem Ex-Soldaten.«
»Heutzutage kann man das nicht mehr so sicher sagen«, meinte Hoval. »Die vom SDS und andere Verrückte schneiden sich die Haare, rasieren sich, waschen sich und bemühen sich, wie ganz normale Bürger auszusehen.« Er war ungeduldig mit dem hageren Mann und wollte das Thema nicht weiter verfolgen; sie waren ganz eindeutig nicht auf derselben Wellenlänge. Er stieß sich von der Wand ab und sah noch einmal in das blutverschmierte Schlafzimmer. »Warum?«
»Warum er seine eigene Familie umgebracht hat?«
»Ja.«
»Er ist sehr religiös.« Der Techniker lächelte.

Hoval verstand nicht. Das sagte er auch.

»Er ist ein Laienprediger. Sie wissen schon, ganz im Zeichen Christi. Predigt das Wort, wo immer er kann, liest jeden Abend eine Stunde in der Bibel . . . Dann stellt er fest, daß sein Junge bis über beide Ohren in harten Drogen hängt – zumindest aber Dope. Er denkt, seine Tochter hat eine lockere Moral, oder vielleicht gar keine Moral, weil sie ihm nicht sagt, mit wem sie ausgeht oder weshalb sie abends so lange wegbleibt. Und die Mutter hat etwas zu sehr Stellung für die Kinder bezogen. Sie hat sie seiner Meinung nach zur Sünde ermutigt.«

»Und was hat ihn schließlich ausrasten lassen?« wollte Hoval wissen.

»Nichts Besonderes. Er sagte, daß alle täglichen Kleinigkeiten sich addierten, bis er es nicht mehr ertragen konnte.«

»Und Mord war die Lösung.«

»Für ihn schon.«

Hoval schüttelte traurig den Kopf und dachte an das hübsche Mädchen auf dem Boden im Badezimmer. »Was wird neuerdings nur aus der Welt?«

»Nicht der Welt«, korrigierte der hagere Mann. »Jedenfalls nicht der *ganzen* Welt.«

11

Es war ein heftiger Regen, ein Guß, ein scheinbar endloser Wolkenbruch. Der Wind aus dem Osten peitschte den Regen in bösen, heftigen Böen hoch über Denver. Er strömte von den schiefen Schieferdächern der vier Motelflügel, kicherte vergleichsweise angenehm in den vertikalen Abschnitten der Regenrinnen, strömte gurgelnd die horizontalen Abschnitte hinunter und ergoß sich lärmend in die Abflußschächte im

Boden. Überall tropften Bäume, tropften Büsche, glänzten flache Oberflächen feucht. Schmutziges Wasser sammelte sich in Vertiefungen im Rasen der Hotelanlage. Die peitschenden Tropfen zerschmetterten die kristallene Ruhe der Pooloberfläche, tanzten auf den Kacheln rings um den Pool und drückten das Gras flach, das um diese gekachelte Fläche herum wuchs.

Die Windböen wehten den Regen unter die Überdachung und in die offene Promenade im zweiten Stock vor Doyles Zimmer. In dem Augenblick, als er die Tür zuzog und Colin im Inneren einsperrte, raste ein kalter Wirbelwind voll Wasser den Gang entlang und ergoß sich über ihn; seine gesamte rechte Seite war triefend naß. Sein blaues Arbeiterhemd und ein Bein seiner abgetragenen Jeans klebten unbehaglich an seiner Haut.

Zitternd sah er nach Süden, den längeren Abschnitt des Gehwegs entlang, bis zu den Stufen zum Hof am anderen Ende. Die Schatten waren tief. Keines der Zimmer war erleuchtet; die schwachen Lampen der Nachtbeleuchtung standen in einem Abstand von fünfzehn bis zwanzig Metern. Der nächtliche Nebel komplizierte das Bild zusätzlich, er kräuselte sich um die schmiedeeisernen Pfosten des Geländers und hing in den rückwärts versetzten Eingängen der Zimmer. Dennoch war Doyle ziemlich sicher, daß sich niemand in dieser Richtung aufhielt.

Zehn Meter nördlich, zwei Zimmer nach ihrem eigenen, vereinigte sich ein anderer Flügel des Hotels mit diesem und bildete die nordöstliche Ecke, von der aus man den Innenhof überblicken konnte. Wer auch immer an ihrer Tür gewesen war, er hätte sich binnen eines Augenblicks dorthin begeben und sich verstecken können . . . Alex neigte den Kopf, damit der Regen ihm nicht ins Gesicht peitschte, eilte in diese Richtung und spähte vorsichtig um die Ecke.

Am kurzen Abschnitt dieses Korridors befand sich nichts anderes als weitere rote Türen, Nebel, Dunkelheit und nasser Beton. Eine blaue Sicherheitslampe hinter einem schützenden Käfig kennzeichnete eine weitere offene Treppe, die zum Erdgeschoß hinabführte, in diesem Fall zum Parkplatz, der die gesamte Anlage umgab.
Der letzte Abschnitt seines eigenen Korridors, der sich in nördlicher Richtung erstreckte, war der Rest des zweiten Stocks des Ost-West-Flügels.
Er ging zu dem schmiedeeisernen Gitter zurück und sah hinab in den Innenhof, den Pool und die Gartenanlage, die sich um alles herum erstreckte. Die einzigen Bewegungen dort unten waren die, die Wind und Regen verursachten.
Plötzlich hatte Alex das unheimliche Gefühl, daß er nicht nur hier draußen allein war – nein, er war das einzige lebende Wesen in dem Motel. Ihm war, als wären alle Zimmer verlassen, die Halle verlassen, das Quartier des Geschäftsführers verlassen, alles im Herannahen einer gewaltigen Katastrophe im Stich gelassen. Das unerträgliche Schweigen, abgesehen vom Prasseln des Regens, und die kahlen Betonwege erzeugten und nährten diese seltsame Vorstellung, bis sie beängstigend real und immer beunruhigender wirkte.
Laß den ängstlichen kleinen Jungen nicht wieder an die Oberfläche kommen, warnte Doyle sich selbst. Bisher hast du dich wacker geschlagen. Verlier jetzt nicht die Beherrschung.
Nach einigen Minuten des Beobachtens, in denen er mit beiden Händen das schmuckvoll schmiedeeiserne Geländer umklammert hielt, war Doyle davon überzeugt, daß die Zwergpinien und die ordentlich geschnittenen Hecken im Hof unten niemanden verbargen; die Schatten waren einzig und allein ihre eigenen.

Die winkeligen Gehwege blieben still, verlassen.
Alle Fenster waren dunkel.
Abgesehen vom kontinuierlich trommelnden Regen und dem gelegentlichen Brüllen des Sturmwindes, dauerte die Grabesstille ungestört an.
Während er am Geländer gestanden hatte, war Alex schutzlos gewesen, und nun war er vollkommen durchnäßt. Hemd und Hosen waren vollgesogen. Sogar in seine Schuhe war Wasser gedrungen, seine Socken waren naß und unangenehm kalt. Gänsehaut überzog seine Oberarme, er zitterte unbeherrscht. Seine Nase lief, seine Augen tränten, weil er sie ständig wegen Nebel und Regen zukneifen mußte.
Dennoch fühlte Doyle sich besser als seit langem. Wenngleich er den Fremden nicht gefunden hatte, der sie bedrohte, er hatte es immerhin *versucht*, den Mann zu stellen. Endlich hatte er einmal mehr unternommen, als nur vor der Situation davonzulaufen. Er hätte trotz Colins vorwurfsvollem Blick im Zimmer bleiben können, er hätte die Nacht überstehen können, ohne das Risiko einzugehen. Aber er *war* das Risiko eingegangen, und jetzt fühlte er sich ein wenig besser und zufrieden mit sich selbst.
Natürlich konnte er jetzt nichts mehr tun. Wer immer der Fremde gewesen war und was zum Teufel er auch vorgehabt haben mochte, nachdem er ihr Schloß geöffnet hätte, der Mann hatte offenbar das Interesse an dem Spiel verloren, als ihm klargeworden war, daß sie wach und auf ihn vorbereitet waren. Er würde heute nacht nicht mehr zurückkommen. Vielleicht würden sie ihn überhaupt nicht mehr zu Gesicht bekommen, weder hier noch sonstwo.
Aber als er sich umdrehte, um wieder zu ihrem Zimmer zurückzukehren, war seine optimistische Stimmung mit einem Schlag dahin . . .
Etwa sechzig Meter entfernt auf dem Gehweg, den er als

ersten untersucht hatte, als er aus dem Zimmer getreten war, in einem Korridor, der vollkommen verlassen und sicher ausgesehen hatte, trat ein Mann aus einer nach hinten versetzten Tür und eilte zu der Treppe am südöstlichen Ende des Ganges, deren Stufen er zwei auf einmal hinabsprang. Dank des Nebels und des Regens und der Dunkelheit war er so gut wie unsichtbar. Doyle sah ihn nur als formlose Gestalt, als schattenhaftes Phantom . . . Aber der hohle Klang seiner Schritte auf der offenen Treppe war Beweis genug, daß es sich nicht um einen eingebildeten Geist handelte.

Doyle trat ans Geländer und sah nach unten.

Ein großer Mann in dunkler Kleidung, ansonsten aber ohne erkennbare Merkmale in der Dunkelheit und dem Sturm, hastete über den Rasen und die Kacheln beim Pool. Dann duckte er sich unter den Boden des Rundganges im ersten Stock, welcher das Dach desjenigen im Erdgeschoß bildete.

Bevor ihm völlig klargeworden war, was er tat, folgte Alex Doyle dem Mann. Er lief zur Treppe nach unten und hastete eilig hinab zum Rasen, wo Wind und Regen sich ungehindert austoben konnten.

Der Fremde befand sich nicht mehr im Rundgang des Erdgeschosses, wohin er verschwunden war, als Doyle ihn zuletzt gesehen hatte. Er schien sich tatsächlich in Luft aufgelöst zu haben.

Doyle sah aus seiner neuen Perspektive in die Pinien und Hecken und dachte daran, daß der Fremde sich zurückgeschlichen haben könnte, um auf ihn zu warten. Die gefiederten Schatten waren bedrohlich, viel zu dunkel und gefährlich . . .

Doyle machte sich die gelben und grünen Lichter zunutze, die den Swimmingpool umgaben, und mied die Schatten, und so gelangte er ohne Zwischenfälle über den Hof. Aber er

war kaum aus dem schlimmsten Wind und Regen heraus, da hörte er erneut Schritte. Diesmal waren sie auf der Rückseite des Komplexes, nördlich, und gingen zum ersten Stock dieses Flügels hinauf. Er folgte dem unheimlichen *tapp-tapp-tapp,* das in dem Regen kaum zu hören war.
Als er zur Treppe kam, war diese verlassen, eine gerade Flucht nasser und graufleckiger Stufen.
Er stand eine Weile am Fuß der Treppe, sah hinauf und dachte nach. Ihm war durchaus klar, welch leichtes Ziel er bieten würde, wenn er dort oben herauskam, nur zu verwundbar für eine Pistole oder ein Messer oder auch nur einen Stoß, der ihn die Treppe hinabstürzen lassen würde.
Dennoch ging er hinauf, aufgekratzt und überrascht über seinen eigenen Wagemut, daß er immerhin bis hierher gelangt war. Heute nacht hatte er angefangen, einen neuen Alex Doyle in dem alten zu entdecken. Da war ein Doyle, der seine Feigheit überwinden konnte, wenn das Wohlergehen derer, die er liebte, auf dem Spiel stand, wenn es um mehr als nur seinen eigenen Stolz ging.
Er geriet nicht in eine Falle, als er von der obersten Stufe auf die nordwestliche Ecke des Rundgangs trat. Niemand lauerte ihm auf. Unbeleuchtete Fenster, Beton und rote Türen begrüßten ihn.
Wieder hatte er das seltsame Gefühl, daß er der letzte lebende Mensch des Motels war – tatsächlich, daß er der letzte Mensch auf der Welt war. Er wußte nicht, ob dieser Eindruck auf Größenwahn oder Paranoia beruhte, aber sein Gefühl der Isolation war undurchdringlich.
Dann sah Alex den Fremden wieder. Formlos, schemenhaft, von Nebel eingehüllt, so stand der Mann am äußersten Nordende der Promenade, am Rand der Treppe, die zum Parkplatz hinter dem Motelkomplex hinabführte. Die blaue Sicherheitsleuchte hinter ihrem Gitter tat nichts, den Frem-

den zu beleuchten. Er machte den ersten Schritt, dann schien er sich umzudrehen und Doyle anzusehen, machte einen zweiten Schritt, einen dritten, dann verschwand er erneut.
Es ist fast, als *möchte* er, daß ich ihm folge, dachte Alex.
Er folgte dem Rundgang nach Norden und ging schließlich die regennassen Stufen hinab.

12

Vier Quecksilberdampflampen überragten auf Bögen den Parkplatz hinter dem Rockies Motor Motel und machten die Nacht über sich doppelt so dunkel, wie sie anderswo war, erhellten aber irgendwie die Reihen der Autos unter ihnen. Das irritierende, weiche Purpurlicht glitzerte stumpf in den fallenden Regentropfen und dem Wasser, das über den schwarzen Asphalt strömte. Sie erzeugten schroffe Schatten. Sie nahmen allem, das sie beschienen, die Farbe, verwandelten die einstmals bunten Autos in deprimierende grünbraune Eintönigkeit.
Doyle, der in diesem Licht selbst purpurn getönt wirkte, stand auf dem Gehweg am Fuß der Treppe und sah nach links und rechts über den Platz.
Der Fremde war nirgends zu sehen.
Natürlich konnte sich der Mann zwischen zwei Autos verstecken, erwartungsvoll niedergekauert . . . Aber wenn die Verfolgungsjagd zu einem Versteckspiel auf einem Spielplatz mit zwei- oder dreihundert Autos werden sollte, dann konnten sie die ganze Nacht damit vergeuden, zwischen den stummen Maschinen und in den Schatten zwischen ihnen herumzulaufen.
Er nahm an, daß er damit am Ende angelangt war; eine

Fortsetzung seiner Expedition würde nichts mehr bringen. Er würde den Mann oder den gemieteten Lieferwagen nicht mehr zu Gesicht bekommen. Er würde keine Beschreibung oder eine Autonummer bekommen, mit denen er etwas anfangen oder die er der Polizei melden konnte – wenn es dazu kam. Also konnte er ebensogut wieder ins Zimmer gehen, die nassen Sachen ausziehen, sich abtrocknen und . . .

Aber ganz so einfach konnte er sich dieser Herausforderung denn doch nicht entziehen. Wenn er nicht gerade trunken von seinem neugewonnenen Mut war, so doch immerhin angeheitert von seiner eigenen Bewunderung für diese neuentdeckte Tapferkeit. Dieser brandneue Alex Doyle, dieser plötzlich verantwortungsbewußte Doyle, dieser Doyle, der mit seiner lange gehegten Angst zurechtkommen und sie vielleicht sogar überwinden konnte, der faszinierte ihn außerordentlich und gefiel ihm sehr. Er wollte herausfinden, wie weit ihn diese bislang unbekannte, sogar unvermutete, aber ganz sicher willkommene Kraft bringen würde, wie tief dieser Brunnen war, den er angezapft hatte.

Er nahm die Suche nach dem Fremden auf.

Der Raum an der Rückseite des Motels, wo die Automaten standen, hatte keine Türen an seinen beiden Eingängen. Von den beiden schmalen Rundgängen ergoß sich kaltes weißes Licht in zwei Halbkreisen und verdrängte den ekelhaften Purpurschein der Quecksilberdampflampen ein wenig.

Doyle ging zum Eingang und sah hinein.

Der Raum war hell erleuchtet und schien verlassen zu sein. Aber die großen Automaten schufen einige blinde Flecke, ein Dutzend Stellen, wo sich der Mann verstecken konnte.

Er trat über die etwas hochstehende Schwelle.

Der Raum maß ungefähr sechs auf vier Meter. Er enthielt

zwölf Automaten, die an den beiden längeren Wänden standen und sich einander gegenüber befanden wie futuristische Schwergewichtsboxer, die nur darauf warteten, daß die Glocke ertönte und der Kampf beginnen konnte: drei summende Getränkeautomaten, die Erfrischungsgetränke in Flaschen oder Dosen in sechs verschiedenen Geschmacksrichtungen abgeben konnten; zwei flache Zigarettenautomaten; eine Keks- und Backwarenmaschine voll abgestandener und halb abgestandener Waren; zwei Süßigkeitenautomaten, die ganz besonders in Richtung einundzwanzigstes Jahrhundert gestylt waren, ein Automat für Kaffee und heiße Schokolade, auf dessen verspiegelte Vorderseite zwei stilisierte Tassen mit dampfender brauner Flüssigkeit gemalt waren, dazu die fettgedruckte Aufschrift *Sugar Cream Marshmallow;* ein Spender mit Erdnüssen, Kartoffelchips, Brezeln und Käsepopcorn sowie eine Eiswürfelmaschine, die unablässig und lärmend ratterte und frische Eiswürfel in einen Vorratsbehälter aus Edelstahl spie.

Von den murmelnden Automaten flankiert, schritt er langsam durch den Raum, sah in jede Nische zwischen zwei Maschinen und rechnete jeden Augenblick damit, daß ihn jemand anspringen würde. Seine Nervosität und Angst unterschieden sich jedoch von allem, was er früher empfunden hatte; sie waren fast wohltuend, rein, läuternd. Er fühlte sich ganz wie ein kleiner Junge, der in der Halloween-Nacht durch einen unheimlichen, verfallenen Friedhof geht, er empfand einen Strudel widerstreitender Empfindungen.

Aber der Fremde war nicht in dem Raum.

Doyle begab sich wieder hinaus in Wind und Regen, aber das Wetter kümmerte ihn nicht mehr; er war ein Mann, der von den Veränderungen in sich selbst in den Bann geschlagen worden war.

Er schritt an den geparkten Autos entlang und hoffte, den

Fremden zwischen zweien kniend zu finden. Aber er gelangte vom Ende eines nordsüdlichen Flügels zum Ende des anderen nordsüdlichen Flügels, ohne eine Bewegung oder einen verdächtigen Schatten gesehen zu haben.
Er wollte gerade aufgeben, als er einen schwachen Lichtschein sah, der aus der angelehnten Tür des Wartungsraumes drang. Auf dem Weg zu den Automaten war er vor weniger als fünf Minuten hier vorbeigekommen, aber da war diese Tür noch nicht offen gewesen. Und es war kaum die Stunde, da der Hausmeister des Motels mit seiner Arbeit beginnen würde . . .
Alex preßte den Rücken an die feuchte Betonwand, sein Kopf befand sich genau in der Mitte des fein säuberlich dort aufgemalten schwarzweißen Schilds *(Wartungs- und Geräteraum – Zutritt nur für Personal)*, und lauschte auf Bewegungen in dem Raum.
Eine Minute verging.
Er streckte vorsichtig den Arm aus und stieß die übergroße Metalltür ganz auf. Sie schwang lautlos nach innen, ein gewissermaßen lautloses graues Licht fiel heraus.
Doyle sah nach innen. Auf der anderen Seite des großen Raumes stand eine zweite Tür, ebenfalls aus Metall und ebenfalls übergroß, weit offen, so daß es hereinregnete. Dahinter befand sich ein Ausschnitt des Parkplatzes. Schön und gut. Der Fremde war hier gewesen und bereits wieder verschwunden.
Er betrat den Raum und sah sich um. Er war etwas größer als der mit den Automaten. Hinten an der Wand befanden sich Fässer mit industriellen Reinigungsmitteln: Seifen, Schleifmittel, Wachs, Möbelpolitur. Außerdem standen dort elektrische Bodenwachser und Blocker, ein ganzer Wald langstieliger Mops und Besen und Fensterputzschwämme. In der Mitte des Raumes standen zwei fahrbare Rasenmäher nebst

Gartenwerkzeugen und riesigen Rollen durchsichtiger grüner Plastikschläuche. Vorne, näher bei der Tür, befanden sich Werkbänke, Zimmermannswerkzeuge, eine stehende Motorsäge und sogar eine kleine Drehbank aus Holz. Die ganze Wand rechts von Doyle war mit Preßspanplatten verkleidet; auf diese Preßspanplatten waren die Umrisse von Dutzenden von Werkzeugen gemalt worden, die Werkzeuge selbst hingen über ihren eigenen schwarzen Umrissen. Eine Axt fehlte, aber alles andere hing fein säuberlich an seinem vorgesehenen Platz.

Die Fässer mit den Putzmitteln standen zu weit auseinander und waren zu klein, um einen Mann wirksam zu verbergen, besonders einen Mann, der so groß und breitschultrig war wie der, den er vorhin über den Hof hatte eilen sehen.

Doyle ging weiter in den Raum und war schon auf halbem Weg zu der zweiten Tür, etwa vier Meter davon entfernt, als ihm mit einemmal bewußt wurde, was die fehlende Axt an der Preßspanplatte zu bedeuten hatte. Er erstarrte beinahe in der Bewegung. Dann warnte ihn eine Art sechster Sinn, und er wirbelte schneller und behender als jemals in seinem ganzen Leben herum.

Direkt hinter ihm, alptraumhaft riesig und mit irren Augen, stand ein blonder Mann, der beide Hände hob und die Axt hochriß.

13

Alex Doyle war nicht einmal während seines dreißigjährigen Lebens in einen Kampf verwickelt worden – keinen Faustkampf, keinen Ringkampf, nicht einmal ein jugendliches Herumschubsen. Er hatte niemals jemanden körperlich gezüchtigt, und er war auch nicht gezüchtigt worden. Ob er nun ein Feigling oder ein Pazifist aus innerster Überzeugung war, oder beides, es war ihm immer gelungen, Streit zu vermeiden, Stellung zu beziehen und Beziehungen zu vermeiden, die möglicherweise zu Gewalttaten geführt haben mochten. Er war ein zivilisierter Mann. Seine wenigen Freunde und Bekannten waren stets so sanftmütig gewesen wie er, manchmal noch mehr. Er war vollkommen ungeeignet, mit einem wütenden Irren fertigzuwerden, der eine scharfgeschliffene Axt schwang.

Aber seine Instinkte halfen ihm dort, wo die Erfahrung fehlte. Alex ließ sich nach hinten fallen, fast, als hätte er eine Kampfausbildung hinter sich, weg von der funkelnden Klinge, und rollte sich über den ölverschmierten Betonboden, bis er fest gegen die beiden fahrbaren Rasenmäher stieß.

Sein verstandesmäßiges Akzeptieren der Situation hinkte weit hinter dem automatischen körperlich-emotionalen Wissen um die Gefahr hinterher. Er hatte die Axt Zentimeter an seinem Kopf vorbeisausen gehört, und er wußte, was sie hätte anrichten können, hätte sie ihr Ziel gefunden . . . Aber es war unvorstellbar, daß ihm jemand das Leben nehmen wollte, noch dazu auf eine so plötzliche und blutige Weise. Er war Alex Doyle. Der Mann ohne Feinde. Der Mann, der stets leisetrat und nie einen Knüppel bei sich hatte – der Mann, der mehr als einmal seinen eigenen Stolz geopfert hatte, um sich vor genau dieser Art von Wahnsinn zu bewahren.

Der Fremde bewegte sich schnell.

So benommen er war, so gelähmt vor Überraschung über die Plötzlichkeit und außerordentliche Brutalität des Angriffs, sah Alex den Mann doch kommen.

Der Fremde hob die Axt.

»Nicht!« rief Doyle. Er erkannte seine eigene Stimme fast nicht. Er hatte seinen neu erlangten Mut nicht völlig verlo-

ren. Aber jetzt wurde er von einer gesunden Angst in die richtige Perspektive gerückt.
Die zehn Zentimeter lange rasiermesserscharfe Klinge schwang nach oben, erreichte den Zenit ihrer Bahn fast in einer einzigen geschmeidigen Bewegung, fast wie ein Präzisionsinstrument in diesen kräftigen Händen. Lichtblitze tanzten auf der Schneide. Die Klinge verharrte ganz oben, hoch und kalt und phantastisch – dann fiel sie herab.
Alex rollte.
Die Axt fiel in sein Kielwasser. Sie brachte die feuchte Luft erneut zum Heulen, dann hieb sie in einen soliden Gummireifen an einem der Rasenmäher und spaltete ihn.
Doyle kam auf die Beine, und wieder von einem vom Denken unabhängigen Trieb zur Selbsterhaltung geleitet, warf er sich über eine der Werkbänke und überwand dabei die fast eineinhalb Meter Breite mit größerem Geschick, als er für möglich gehalten hätte. Aber dennoch stolperte er und wäre beinahe flach auf das Gesicht gefallen, als er auf der anderen Seite herunterkam.
Der Wahnsinnige hinter ihm fluchte: ein seltsam wortloses leises Grunzen von Zorn und Frustration.
Doyle wirbelte herum und rechnete damit, daß die Axt entweder seinen Schädel oder die Holzplatte der Werkbank hinter ihm spalten würde. Immerhin war ihm nun klargeworden, in welcher Lage er sich befand. Es war möglich, daß er hier sterben würde.
Auf der anderen Seite wölbte der Fremde die breiten Schultern und konzentrierte all seine Kraft darauf, die Axt aus dem Vollgummireifen herauszuziehen, in dem sie feststeckte. Dann drehte er sich herum, seine nassen Schuhe erzeugten ein unangenehmes Geräusch auf dem Betonboden, und er umklammerte die Axt mit beiden Händen, als wäre sie ein heiliger und allmächtiger Talisman, der bösen Zauber ab-

wenden und seinen Träger vor dem Wirken böser Zauberer beschützen konnte. Dieser Mann hatte eindeutig etwas von einem Wilden an sich, besonders in und um diese großen Augen mit den dunklen Ringen . . .

Ebendiese Augen fanden Doyle jetzt wieder. Es war unglaublich, aber der Fremde neigte den Kopf und lächelte.

Alex erwiderte das Lächeln nicht.

Er *konnte* es nicht erwidern. Vorahnungen seines Todes erfüllten ihn mit einer fast körperlichen Übelkeit, und er wünschte sich, er hätte das Zimmer nie verlassen.

Er war immer noch zu weit von den beiden Türen entfernt, um zu einer zu laufen. Bevor er den ungedeckten Boden überquert und eine der beiden erreicht haben könnte, hätte er zweifellos die Klinge der Axt zwischen den Schulterblättern gespürt . . .

Der Fremde, von dessen Kleidung Regen tropfte, näherte sich Doyle, wobei er für einen so großen Mann überraschend behende und leise war. Der Lärm, den er draußen auf den Rundgängen und den Stufen erzeugt hatte, konnte kein Zufall gewesen sein. Er hatte Alex durch die im Schatten gelegenen Flure zu einem Ort gelockt, wo er in der Falle saß.

Diesem Ort.

Jetzt waren sie nur noch durch die Werkbank getrennt.

»Wer sind Sie?« fragte Doyle.

Der Fremde lächelte nicht mehr, als er auf der anderen Seite der hüfthohen Werkbank stehenblieb. Tatsächlich runzelte er heftig die Stirn, zuckte sogar zusammen, als würde er grausam gezwickt oder mit Pinzetten gekniffen werden. Was war los, was ging ihm durch den Kopf? Jetzt mehr als Mord! Irgend etwas erboste ihn beträchtlich, soviel stand fest. Er hatte den Mund zu einer schmalen, dünnen Linie verkniffen, und er schien sich nach Kräften zu bemühen, die Reaktion auf einen inneren Schmerz zu unterdrücken.

»Was wollen Sie von uns?« fragte Doyle.
Der Mann sah ihn nur an.
»Wir haben Ihnen nichts getan.«
Keine Antwort.
»Sie kennen uns nicht einmal, oder?«
Wenngleich seine Stimme dünn klang, ein unfreiwilliges Flüstern, und wenngleich das Entsetzen, das sie verriet, den Verrückten zu kühneren Taten anspornen konnte, mußte Doyle diese Fragen stellen. Sein Leben lang war er imstande gewesen, den Zorn anderer Menschen mit gütigen Worten zu besänftigen, und jetzt wurde es lebenswichtig, daß er eine Wende – mindestens Zerknirschung – bei diesem Mann herbeiführte. »Was bringt es Ihnen, wenn Sie mir wehtun?«
Diesmal schwang der Wahnsinnige die Axt horizontal, von rechts nach links, und versuchte, Doyles Oberkörper von den Beinen zu trennen.
Es war knapp. Seine langen Arme hatten genügend Reichweite und Kraft, damit der Plan gelingen konnte, obwohl die Werkbank zwischen ihnen war. Aber Doyle sah die Axt gerade noch so rechtzeitig kommen, daß er ihr ausweichen konnte. Er schnellte zurück, aus dem mörderischen Bogen heraus.
Dann stolperte er über einen großen Werkzeugkasten aus Metall, den er übersehen hatte. Er ruderte hilflos mit den Armen, um das Gleichgewicht wiederzuerlangen, aber es gelang ihm nicht. Der Raum kippte um ihn herum. In diesem Augenblick wurde Doyle klar, daß er möglicherweise keine Chance hatte, diesen Ort lebend zu verlassen. Er würde nicht ins Zimmer 318 zurückkehren, wo Colin auf ihn wartete, er würde seine Reise nach San Francisco nicht beenden und die neuen Möbel in dem neuen Haus sehen, seine wunderbare Stelle bei der Werbeagentur antreten oder mit Courtney schlafen. Niemals. Noch im Fallen sah er, wie der große blonde Mann um die Werkbank herumkam.

Er blieb keine meßbare Zeitspanne auf dem Boden, nicht einmal eine Sekunde. In dem Augenblick, als er aufprallte, stieß er sich hoch, taumelte rückwärts und versuchte, wenigstens noch eine kostbare Minute außer Reichweite des Verrückten zu bleiben.
Nach drei Schritten jedoch stand er mit dem Rücken zu der Preßspanwand, wo die Werkzeuge hingen.
Während Doyle noch dachte, daß er keine Fluchtmöglichkeit mehr hatte, erschien der Fremde vor ihm und schwang die Axt von rechts nach links.
Doyle duckte sich.
Die Klinge streifte den Preßspan über seinem Kopf.
Doyle schnellte noch in dem Augenblick hoch, als er die Axt an sich vorbeisaußen hörte, und schnappte sich einen schweren Vorschlaghammer, der an einem Haken in der Wand baumelte. Er hatte ihn in der Hand, als er von einem Hieb der Axt zur Seite und zu Boden geschmettert wurde.
Der Hammer klirrte über den Boden.
Aber daß er den Hammer verloren hatte, dachte Doyle, war sein geringstes Problem. Der lähmende, hämmernde Schmerz in seiner Seite und der Brust machte ihn so gut wie hilflos. War er entzweigespalten worden? Aufgeschlitzt? Die Schmerzen . . . die Schmerzen waren gräßlich, die schlimmsten, die er jemals erduldet hatte. Aber bitte, Gott, nein . . . Bitte, bitte, nur das nicht. Nicht sterben. Nicht das Blut, nicht im eigenen Blut liegen müssen, während sich die Axt methodisch hob und senkte und ihn zerstückelte. Nicht sterben, verdammt. Alles andere. Auf der anderen Seite des Todes konnte er nur das Nichts sehen, ewige Schwärze; und diese Vision war so überzeugend und lebhaft und entsetzlich, daß ihm niemals klar wurde, wie vergeblich es sein mußte, um die Hilfe eines Gottes zu beten, an dessen Existenz er nicht glaubte. Nur: Gott, Gott, bitte . . . Nur das nicht. Alles andere, nur das nicht. Bitte . . .

Das alles raste innerhalb eines Sekundenbruchteils durch seinen Verstand, bevor ihm klar wurde, daß er gar nicht von der Klinge der Axt getroffen worden war. Er hatte lediglich den Rückwärtsschwung des ersten Hiebes abbekommen. Er war vom *Ende* der Axt getroffen worden, dem fünf Zentimeter breiten stumpfen Teil, und zwar rechts, knapp unterhalb der Rippen. Der Hieb hatte genügend Wucht gehabt, daß er ihm den Atem geraubt hatte, und er würde eine Prellung und einen Bluterguß zurückbehalten. Aber das war alles. Kein aufgeschlitztes Fleisch. Kein Blut.

Aber wo war der Wahnsinnige – und die Axt?

Doyle sah auf und blinzelte die Tränen aus den Augen.

Der Fremde hatte die Axt fallen gelassen und preßte beide Hände fest gegen die Schläfen, wobei er verbissen das Gesicht verzog. Schweiß war ihm auf der Stirn ausgebrochen und rann sein gerötetes Gesicht hinab.

Alex rappelte sich keuchend auf und lehnte sich an die Wand; er war zu schwach und schmerzgeplagt, um sie weiter zu bewegen.

Der Fremde sah ihn. Er bückte sich, um die Axt aufzuheben, hielt dann aber inne. Er stieß einen erstickten Schrei aus, drehte sich herum und stolperte aus dem Raum, in den Regen und die Nacht hinaus.

Eine lange Zeit, während er nach Atem rang und sich bemühte, die Schmerzen zu überwinden, die in seine Seite stachen, war Alex sicher, daß ihm nur ein kurzzeitiger Aufschub gewährt worden war. Es war sinnlos für den Fremden, von einer Sache wegzulaufen, die er fast zu Ende gebracht hätte. Der Mann hatte das verzweifelte *Bedürfnis* gehabt, Doyle zu töten. Er hatte nichts Verspieltes oder Spaßiges an sich gehabt. Jedesmal, wenn er die Axt geschwungen hatte, war dies in der Absicht geschehen, Fleisch zu zerhacken, Blut fließen zu lassen. Er war eindeutig

verrückt. Und Verrückte handelten unberechenbar. Und die zwanghafte Besessenheit eines Verrückten ließ sich nicht so leicht überwinden.
Aber der Mann kam nicht zurück.
Die Schmerzen in Doyles Seite ließen allmählich soweit nach, daß er sich aufrichten und gehen konnte. Sein Atem ging weniger keuchend als vorher, wenngleich er nicht tief durchatmen konnte, ohne die Schmerzen zu steigern. Sein Herzschlag beruhigte sich wieder.
Und er wurde in Ruhe gelassen.
Er preßte die rechte Hand an die Seite und ging langsam zur Tür, dort lehnte er sich einen Augenblick an den Rahmen, dann ging er hinaus. Regen und Wind packten ihn mit mehr Wucht als zuvor und machten ihn frösteln.
Der Parkplatz war verlassen. Auf den grünbraunen Autos funkelten Wassertropfen, alle waren still und unauffällig.
Er lauschte in die Nacht.
Die einzigen Geräusche waren das konstante Trommeln des Regens und das Heulen des Windes um die Hausecken.
Es schien fast, als wären die Geschehnisse im Geräteschuppen nichts weiter als ein böser Traum gewesen. Wären die Schmerzen in seiner Seite nicht gewesen, um ihn von ihrer Realität zu überzeugen, wäre er vielleicht umgekehrt und hätte nach der Axt und anderen Beweisen für das gesucht, was sich abgespielt hatte.
Er ging zum Hof in der Mitte der Hotelanlage, platschte durch Pfützen, anstatt sie zu umgehen, betrachtete argwöhnisch jeden samtenen Schatten und blieb ein halbes dutzendmal stehen, um nach imaginären Schritten zu lauschen, die ihm dichtauf folgten.
Aber außer seinen eigenen waren keine Schritte zu hören.
Oben auf der Treppe, die zum ersten Stock führte, an der nordöstlichen Ecke der Balustrade über dem Innenhof, lehn-

te er sich an das eiserne Geländer, um Atem zu holen und gegen einen neuerlichen dumpfen Schmerz in Brust und Seite anzukämpfen.
Er fror. Er zitterte und war bis ins Mark hinein eiskalt. Die Regentropfen trafen ihn wie Eissplitter und schmolzen auf seinem Gesicht.
Während er die frische Luft einsog, betrachtete er die Dutzende identischen Türen und Fenster, allesamt verschlossen und unbeleuchtet . . . Und plötzlich fragte er sich, weshalb er nicht um Hilfe gerufen hatte, als der Fremde ihn zum erstenmal mit der Axt angegriffen hatte. Wenngleich sie hinter dem Hotel gewesen waren und wenngleich Donner und Wind und Regen andere Geräusche auslöschten, hätte man seine Stimme bis hierher hören müssen, hätte es ihm gelingen müssen, diese Menschen aufzuwecken. Wenn er so laut geschrien hätte, wie er konnte, wäre sicherlich jemand gekommen, um nachzusehen, was da vor sich ging. Jemand hätte die Polizei gerufen. Aber er hatte solche Angst gehabt, daß er gar nicht auf die Idee gekommen war, um Hilfe zu rufen. Der Kampf war seltsam lautlos gewesen, ein Alptraum beinahe stummer Angriffe und Gegenangriffe, die nicht zu den Hotelgästen gedrungen waren.
Aber dann erinnerte er sich an verschiedene Zeitungsartikel, die er gelesen hatte, in denen von der Gleichgültigkeit des Durchschnittsmenschen gegenüber Vergewaltigung oder Mord vor seinen Augen die Rede gewesen war, und Doyle fragte sich, ob tatsächlich jemand auf seinen Hilferuf reagiert haben würde. Oder hätten sie sich alle herumgedreht und Kissen über ihre Köpfe gepackt? Hätten die Menschen in diesen identischen Zimmern alle emotionslos und gleich reagiert: mit Widerwillen und vielleicht Gleichgültigkeit?
Das war kein schöner Gedanke.
Jetzt zitterte er heftig, während er versuchte, nicht mehr

darüber nachzudenken, sich vom Geländer abstieß und den Rundgang hinab zu ihrem Zimmer lief.

14

Als Doyle sich das Haar frottiert hatte, faltete Colin das weiße Motelhandtuch und trug es ins Bad, wo er es zusammen mit der durchnäßten Kleidung über die Duschkabine hängte. Der Junge, der versuchte, sich auf eine gelassene, würdevolle Weise zu verhalten – wenngleich er nur Unterhosen und Brille trug und wenngleich er offensichtlich Angst hatte –, kam danach wieder ins Zimmer zurück und setzte sich auf sein eigenes Bett. Er sah Doyles ramponierte rechte Seite unverwandt an.

Alex betastete das empfindliche Fleisch behutsam mit den Fingern, bis er sich vergewissert hatte, daß nichts gebrochen oder so ernst verletzt war, daß ein Arzt notwendig sein würde.

»Schmerzen?« fragte Colin.

»Teuflisch.«

»Vielleicht sollten wir ein wenig Eis holen und darauf legen.«

»Das ist nur ein Bluterguß. Da kann man wenig machen.«

»Du denkst, daß es nur ein Bluterguß ist«, sagte Colin.

»Die schlimmsten Schmerzen sind schon überstanden. Ich werde ein paar Tage ungelenkig und wund sein, aber daran kann man nichts ändern.«

»Was machen wir jetzt?«

Doyle hatte dem Jungen selbstverständlich alles von dem Kampf mit der Axt und dem großen, schlaksigen Mann mit den irren Augen erzählt. Ihm war klar gewesen, daß Colin

eine Lüge durchschauen und so lange nach der Wahrheit bohren würde, bis er sie erfuhr. Er war kein Kind, das man wie ein solches behandeln konnte.
Doyle hörte auf, sein verfärbtes Fleisch zu massieren, und dachte über die Frage des Jungen nach. »Nun, wir müssen unbedingt die Route ändern, die wir von hier nach Salt Lake City nehmen wollten. Anstelle der Route 40 nehmen wir entweder die Interstate 80 oder die Route 24 und . . .«
»Wir haben unsere Pläne schon einmal geändert«, sagte Colin und blinzelte eulengleich hinter den dicken, runden Brillengläsern hervor. »Und es hat nichts genützt. Er hat uns wiedergefunden.«
»Er hat uns erst wiedergefunden, als wir wieder auf der I 70 waren, der Straße, auf der *er* reist«, sagte Doyle. »Diesmal halten wir uns ganz von den Hauptstraßen fern. Wir nehmen einen Umweg in Kauf. Von Salt Lake City aus werden wir uns einen anderen Weg nach Reno suchen – und dann fahren wir auf Nebenstraßen von Reno nach San Francisco.«
Colin dachte einen Augenblick darüber nach. »Vielleicht sollten wir auch in anderen Motels übernachten. Sie wahllos aussuchen.«
»Wir haben reserviert und Anzahlungen geleistet«, sagte Doyle.
»Genau das habe ich gemeint.« Der Junge war todernst.
»Das klingt paranoid«, sagte Doyle überrascht.
»Kann schon sein.«
Doyle lehnte sich fester an das Kopfteil. »Du glaubst, daß der Mann weiß, wo wir jede Nacht verbringen wollen?«
»Er findet uns jeden Morgen wieder«, sagte der Junge verteidigend.
»Aber woher sollte er unsere Pläne kennen?«
Colin zuckte die Achseln.
»Dann müßte er jemand sein, den wir kennen«, sagte Doyle,

der sich nicht mit dieser Vorstellung anfreunden konnte, nicht anfreunden wollte. »Ich kenne ihn nicht. Du?«
Colin zuckte wieder nur die Achseln.
»Ich habe ihn schon beschrieben«, sagte Doyle. »Ein großer Mann. Helles, fast weißes Haar, kurz geschnitten. Blaue Augen. Nicht unansehnlich. Etwas schlaksig . . . Ist das jemand, den du kennst?«
»Nach so einer Beschreibung kann ich das nicht sagen«, meinte Colin.
»Exakt. Er sieht wie Millionen andere Männer aus. Also werden wir von der Voraussetzung ausgehen, daß er ein völlig Fremder *ist*, daß es sich einfach um unseren guten amerikanischen Durchschnittswahnsinnigen handelt, von der Art, über die man jeden Tag in der Zeitung liest.«
»Er hat in Philly auf uns gewartet.«
»Nicht *gewartet*. Er ist nur zufällig . . .«
»Er ist mit uns aufgebrochen«, sagte Colin. »Er war von Anfang an hinter uns her.«
Doyle wollte nicht in Betracht ziehen, daß der Mann sie kannte, daß er einen tatsächlichen oder eingebildeten Groll gegen sie hegen könnte. Wenn das der Fall war, dann würde die verrückte Sache nicht mit der Reise zu Ende sein. Wenn dieser Wahnsinnige sie kannte, dann konnte er sie in San Francisco ausfindig machen. Er konnte sie jederzeit wieder verfolgen.
»Er ist ein Fremder«, beharrte Alex. »Er ist verrückt. Ich habe ihn in Aktion gesehen. Ich habe seine Augen gesehen. Er ist kein Mann, der eine Verfolgungsjagd quer durch das ganze Land organisieren und durchführen kann.«
Colin schwieg.
»Und warum sollte er uns verfolgen? Wenn er uns umbringen möchte, warum hat er das nicht in Philly getan? Oder draußen an der Küste? Weshalb sollte er uns bis hierher verfolgen?«

»Weiß ich nicht«, gab der Junge zu.

»Paß auf, du mußt akzeptieren, daß der Zufall in dieser Sache seine Hand im Spiel hat«, sagte Doyle. »Es war reiner Zufall, daß er seine Reise zur selben Zeit begann wie wir, im selben Block derselben Straße wie wir. Und er ist verrückt. Für einen Verrückten kann so ein Zufall durchaus zur Besessenheit werden. Er kann mehr daraus machen, als tatsächlich daran ist, kann es als Stützpfeiler für eine paranoide Wahnvorstellung ansehen. Und alles, was seither geschehen ist, würde sich von selbst erklären.«

Colin umarmte sich selbst und wippte langsam auf dem Bett hin und her. »Schätze, du hast recht.«

»Aber du bist noch nicht überzeugt.«

»Nein.«

Doyle seufzte. »Okay. Ich verzichte auf die Anzahlungen, die wir geleistet haben. Die kommenden beiden Nächte werden wir wahllos Motels aussuchen – wenn wir welche mit freien Zimmern finden können.« Er lächelte selbst ein wenig erleichtert, wenngleich er an Colins vage Hypothese nicht glauben wollte. »Ist dir jetzt besser zumute?«

»Mir wird erst besser zumute sein, wenn wir in San Francisco sind, wenn wir zu Hause sind«, sagte Colin.

»Dasselbe gilt für mich.« Doyle glitt am Bett hinab, bis er flach auf dem Rücken lag. Die Bewegung ließ seinen Bluterguß wieder pulsieren. »Möchtest du das Licht ausmachen, damit wir noch eine Mütze voll Schlaf abbekommen?«

»Kannst du nach alledem schlafen?« fragte Colin.

»Wahrscheinlich nicht. Aber ich werde es versuchen. Ich werde ganz sicher jetzt nicht das Motel verlassen – nicht in der Dunkelheit. Und wenn wir über Nebenstraßen fahren und unseren Zeitplan dadurch zusätzlich belasten, werde ich soviel Schlaf brauchen, wie ich nur bekommen kann.«

Colin machte das Licht aus, glitt aber nicht unter die Decke.

»Ich werde noch eine Weile hier sitzen«, sagte er. »Ich kann nicht schlafen.«
»Solltest du aber versuchen.«
»Werde ich. Nur noch eine Weile.«
Doyle, der mehr als erschöpft war, konnte schlafen, wenn auch unruhig. Er träumte von blitzenden Axtklingen und fließendem Blut und irrem Gelächter, und er wachte mehrmals in kaltem Schweiß gebadet auf. Wenn er wach war, dann dachte er an den Fremden und fragte sich, wer er sein könnte. Und er dachte auch über seinen neugewonnenen Mut nach. Ihm wurde klar, daß es seine Liebe zu Courtney und Colin war, die ihm den Schlüssel zu dieser Kraft gegeben hatte. Wenn er nur auf sich selbst aufpassen mußte, dann konnte er Ärger immer aus dem Weg gehen. Aber jetzt . . . nun, drei konnten nicht so einfach und problemlos weglaufen wie einer. Daher war er gezwungen gewesen, auf Reserven zurückzugreifen, über deren Besitz er sich gar nicht im klaren gewesen war. Dieses Wissen erfüllte ihn mit einem größeren Frieden mit sich selbst, als er in seinem Leben je erfahren hatte. Er schlief zufrieden ein. Und als er eingeschlafen war, da träumte er wieder und erwachte, schlotternd, aber er begegnete diesem Schlottern mit dem Wissen, daß er nun mit der Ursache dafür fertigwerden konnte.
Colin saß zwei lange Stunden im Bett, von Dunkelheit eingehüllt, und lauschte Doyles Atem. Ab und zu erwachte der Mann aus einem Alptraum und nestelte mit der Bettdekke, bis er wieder einschlafen konnte. Aber immerhin *döste* er. Doyles Gelassenheit angesichts dieser gefährlichen Ereignisse beeindruckte Colin nicht wenig.
Natürlich hatte Alex Doyle ihn immer beeindruckt – mehr, als er den Mann jemals hatte wissen hatte lassen können. Manchmal wollte er Doyle ergreifen und umarmen und nie mehr loslassen. Während ihrer ganzen Freundschaft hatte er

Angst gehabt, daß Courtney ihn verlieren könnte. Er wußte, wie sehr sie ineinander vernarrt waren und konnte sich vorstellen, wie intensiv ihre körperliche Beziehung war, dennoch war er sicher gewesen, daß Doyle sie verlassen würde. Jetzt, da Doyle zu ihnen gehörte, wollte er ihn umarmen und bei ihm sein und von ihm lernen. Aber dieses Umarmen brachte er nicht zustande, denn es schien eine zu kindliche Weise zu sein, seinen Gefühlen Ausdruck zu verleihen. Er hatte zu lange und hart daran gearbeitet, erwachsen zu werden, um sich jetzt einen Ausrutscher leisten zu können, einerlei, wie sehr er Alex Doyle mochte, liebte und bewunderte. Daher mußte er diese Gefühle auf andere Weise ausdrücken, durch Hunderte verschiedene kleine Gesten, die es so gut ausdrücken würden wie eine einzige Umarmung, wenn auch weniger heftig.
Als sich das erste Morgenlicht durch die Ritzen in den schweren Vorhängen stahl, stand er vom Bett auf und ging ins Bad, um zu duschen. Alex im Nebenzimmer, warmes Wasser, das auf ihn herniederprasselte, gelbe Seife, die angenehm auf seinen dünnen Gliedmaßen schäumte – das alles führte dazu, daß Colin sich weniger und weniger Sorgen wegen des Fremden im Chevrolet machte. Mit ein klein wenig Glück würde alles gut werden. Letztendlich mußte alles gut werden, denn schließlich war Alex Doyle zur Stelle, der gewährleisten würde, daß weder ihm noch Courtney etwas Schlimmes zustoßen konnte.

Als George Leland den Automover erreichte, der in der Nähe der Vorderfassade des Rockies Motor Hotels stand, hatte er Doyle und den Jungen vollkommen vergessen. Er kramte nach den Schlüsseln und ließ sie fallen. Er patschte ungeschickt in einer flachen Pfütze herum, bis er sie wiedergefunden hatte. Er schloß die Tür auf und kroch ins Innere des

Lieferwagens. Er konnte sich nicht an die stumme Verfolgungsjagd durch die Hotelkorridore und den axtschwingenden Wahnsinn im Wartungsraum erinnern, wo er um Haaresbreite einen Menschen getötet hätte. Die Schmerzen waren so schlimm, daß er nicht über seinen momentanen Gedächtnisverlust nachdenken konnte.

Es waren die schlimmsten Kopfschmerzen bislang überhaupt.

Im rechten Auge und darum herum waren sie am heftigsten, aber nun breiteten sie sich über seine gesamte Stirn und den Schädel aus. Sie trieben ihm Tränen in die Augen. Er konnte sogar hören, wie seine Zähne aufeinanderknirschten wie Mühlsteine, konnte aber der harten, mahlenden Bewegung kein Ende machen; es war, als wäre er besessen und als wäre dieser böse Geist in ihm der Überzeugung, daß die Schmerzen gemästet, in kleine Stücke geschnitten, geschluckt und verdaut werden konnten.

Es hatte keine vorherigen Warnzeichen gegeben. Normalerweise wurde er mindestens eine Stunde vor der ersten Schmerzwoge von Benommenheit und Übelkeit befallen, und er sah eine Spirale aus buntem Licht, die sich hinter seinem Auge drehte. Aber heute nacht nicht. Eben hatte er sich noch prächtig gefühlt, sogar in Hochstimmung, und im nächsten Augenblick hatten die Schmerzen ihn wie ein Hammerschlag getroffen. Anfangs war es ein häßlicher, aber vergleichsweise gelinder Schmerz gewesen – oder? Anfangs ein gelinder Schmerz? Er konnte sich nicht erinnern, wo genau er gewesen war, als die Schmerzen angefangen hatten, aber er war sicher, daß sie anfangs nur unbedeutend gewesen waren. Ganz sicher erträglich. Aber dann war es immer schlimmer geworden, bis jetzt, und er wünschte sich verzweifelt, sein Hotelzimmer zu erreichen, bevor er völlig außer Gefecht gesetzt sein würde.

Er fuhr aus dem Parkplatz des Motels und raste über den zehn Zentimeter hohen Bordstein auf die Straße, wobei die Federn des Lieferwagens unter ihm quietschten. Heute nacht fühlte er sich nicht wie ein Teil des Fahrzeugs. Er war keine Verlängerung davon. Er hatte seinen üblichen Einklang mit Maschinen verloren. Er war ein Fremder in diesem Gefährt, und selbst das Lenkrad fühlte sich unter seinen großen Händen wie ein fremdes Artefakt an, wie ein unmenschlicher Gegenstand.

Beim Fahren blinzelte er auf den nassen Asphalt und versuchte, die Regenschleier und die geisterhaften Nebelschwaden zurückzudrängen.

Ein flaches, schlankes Auto kam ihm aus der Gegenrichtung entgegen und raste mit einem heftigen Aufspritzen von Wasser an ihm vorbei. Die vier Scheinwerfer waren viel zu grell; sie stachen wie vier Messer in Lelands Augen und zogen eine schmerzende Wunde über seine Stirn.

Er riß das Lenkrad unwillkürlich heftig nach rechts, weg von den Lichtern, die ihm so weh taten. Der Lieferwagen fuhr knirschend über den Straßenrand hinaus, kippte nach unten in den Graben, schnellte wieder hoch und schlingerte. Im Frachtraum wurden lärmend Möbelstücke durcheinandergerüttelt. Plötzlich ragte unmittelbar vor ihm eine solide Mauer aus braunen Backsteinen aus dem nächtlichen Dunkel auf, massiv und tödlich. Leland schrie auf und lenkte scharf nach links. Der vordere rechte Kotflügel streifte die Backsteine. Dann schlingerte der Chevrolet wieder auf den Asphalt zurück, wo er einen langen und gefährlichen Augenblick im Regenwasser schlitterte, bevor Leland ihn wieder unter Kontrolle bekam.

Er schaffte es nur deshalb zum Motel, weil er keinen Gegenverkehr hatte. Wäre ihm auch nur ein einziges Auto entgegengekommen, dann hätte er den Chevrolet zu Schrott gefahren und sich selbst umgebracht.

Vor der Tür seines Zimmers prasselte ihm der Regen auf den Rücken, er hatte Mühe, den Schlüssel ins Schloß zu bekommen, und fluchte so laut, daß einige der anderen Gäste wach wurden.

Als er drinnen war und die Tür hinter sich geschlossen hatte, wurden die Schmerzen unvermittelt schlimmer, und er sank auf dem fleckigen Teppich auf die Knie. Er war sicher, daß er sterben würde.

Aber dieser neue Schmerz verging, und die Pein wurde lediglich wieder unerträglich.

Er ging zum Bett und hätte sich fast hingelegt, als ihm einfiel, daß er sich vorher ausziehen mußte. Seine Kleidung war vollkommen durchnäßt. Wenn er die ganze Nacht in ihr schlief, würde er morgen krank sein . . . Er zog sich langsam und mit bedachten Bewegungen aus und trocknete sich mit der Steppdecke ab, die auf dem Bett lag. Selbst danach war er noch bis auf die Knochen durchgefroren. Er kletterte zitternd ins Bett und zog die Decke bis unters Kinn. Dann ergab er sich den unbarmherzigen Schmerzen und versuchte, mit ihnen zu schwimmen.

Es dauerte mehr als doppelt so lange wie üblich. Und als sie nach Einbruch der Dämmerung endlich vorüber waren, waren auch die Alpträume, die ihnen normalerweise folgten, schlimmer, als sie jemals gewesen waren. Das einzige Liebreizende in der Parade der Schreckgespenster war Courtney. Sie kam immer wieder. Nackt und wunderschön. Ihre vollen, runden Brüste und die herrlich langen Beine waren eine willkommene Erleichterung nach den anderen Visionen . . . Aber jedesmal, wenn sie in seinen Träumen auftauchte, brachte ein imaginärer Traum-Leland sie mit einem imaginären Messer um. Und all diese Morde waren, ohne Ausnahme, seltsam befriedigend.

15

Die Interstate 25 verlief von Denver aus nach Norden und vereinigte sich kurz nach der Grenze von Wyoming mit der Interstate 80. Es handelte sich um einen ordentlich asphaltierten, vierspurigen Highway mit kontrollierten Zufahrten, der sie ohne eine einzige störende Kreuzung bis San Francisco bringen würde.

Aber sie nahmen ihn nicht, weil er eine *zu* offensichtliche Alternative zu der Fahrstrecke zu sein schien, die sie ursprünglich geplant hatten. Wenn sie für den Wahnsinnigen im Chevrolet-Lieferwagen tatsächlich zu einer Besessenheit geworden waren – und ihre Ermordung –, dann machte er sich vielleicht die Mühe, ihnen einen Schritt voraus zu denken. Und wenn ihm klar wurde, daß sie von ihrem ursprünglichen Weg abwichen, dann würde ein kurzer Blick auf die Karte ihm zeigen, daß I 25 oder I 80 die nächstbeste Alternative bot.

»Also nehmen wir Route 24«, sagte Doyle.

»Was ist das für eine Straße?« frage Colin und beugte sich über den Sitz, um auf die Karte zu sehen, die Doyle gegen das Lenkrad gestützt hatte.

»Streckenweise vierspurig. Sogar größtenteils.«

Colin streckte die Hand aus und zeichnete sie mit dem Finger nach. Dann deutete er auf eine grau schraffierte Fläche. »Berge?«

»Einige. Hochebenen. Aber dazwischen sind eine Menge Wüsten, Alkali- und Salzflächen . . .«

»Ich bin froh, daß wir eine Klimaanlage haben.«

Doyle legte die Karte zusammen und reichte sie dem Jungen. »Schnall dich an.«

Colin legte die Karte ins Handschuhfach, dann gehorchte er Doyle. Als Doyle aus dem Parkplatz des Rockies Motor Hotels herausfuhr, stopfte der Junge das orangeschwarze Phantom seines T-Shirts in die Hose, strich das garstigfaltige Gesicht des Phantoms glatt und nahm sich ein paar Minuten Zeit, sein dichtes braunes Haar zu kämmen, bis es glatt auf die Schultern fiel, so, wie er es am liebsten hatte. Dann setzte er sich gerade hin und betrachtete die sonnenverbrannte Landschaft, die vorüberraste, während die Berge näher kamen.

Der elektrisch blaue Himmel war von grauen Wolken durchzogen, aber es war kein Sturmhimmel mehr. Der Regenguß der vergangenen Nacht hatte so unvermittelt aufgehört, wie er angefangen hatte, und nur wenige Spuren hinterlassen. Der Sandboden neben der Straße sah fast ausgetrocknet und staubig aus.

An diesem Morgen herrschte wenig Verkehr, und die wenigen Autos fuhren alle so ordentlich und vorschriftsmäßig, daß Doyle kein einziges Auto überholen mußte, bis sie die Gegend von Denver verlassen hatten.

Und es war kein Lieferwagen hinter ihnen.

»Du bist heute morgen ziemlich still«, sagte Alex, nachdem fünfzehn Minuten in Schweigen verstrichen waren. Er sah weg von den sich windenden Schlangen heißer Luft, die über dem Highway tanzten, und sah den Jungen an. »Alles klar?«

»Ich habe nachgedacht.«

»Du denkst doch immer nach.«

»Ich habe über diesen . . . Irren nachgedacht.«

»Und?«

»Wir werden nicht verfolgt, oder?«

»Nein.«

Colin nickte. »Ich wette, daß wir ihn nie wiedersehen.«
Doyle runzelte die Stirn und beschleunigte ein wenig, um mit dem um sie herum fließenden Verkehr Schritt zu halten. »Was macht dich so sicher?«
»Nur eine Ahnung.«
»Ich verstehe. Ich dachte, du hättest vielleicht eine Theorie . . .«
»Nein. Nur eine Ahnung.«
»Nun, mir wäre viel besser zumute, wenn du einen Grund hättest anzunehmen, daß wir ihn nicht wiedersehen werden.«
»Mir auch«, sagte der Junge.

Schon während er auf den Parkplatz fuhr, der das Rockies Motor Hotel umgab, wußte George Leland, daß er sie verpaßt hatte. Die Kopfschmerzen waren so verdammt lange und intensiv gewesen . . . Und der Zeitraum der Bewußtlosigkeit danach hatte fast zwei Stunden gedauert. Sie waren vielleicht noch nicht sehr weit, aber sie hatten eindeutig einen guten Vorsprung bekommen.
Der Thunderbird stand nicht dort, wo er gestern nacht gestanden hatte. Der Parkplatz war verlassen.
Er geriet nicht in Panik. Noch war nichts verloren. Sie waren ihm nicht entkommen. *Er wußte ganz genau, wohin sie fuhren.*
Er parkte an der Stelle, wo der Thunderbird gestanden hatte, und machte den Motor aus. Auf der Zellstoffbox, in der sich der Revolver befand, lag die Karte. Leland breitete sie auf dem Sitz aus und neigte sich zur Seite, damit er sie studieren konnte, und zeichnete das spärliche Netz der Highways mit dem Finger nach, die Colorado und Utah durchquerten.
»Sie haben nicht viele Möglichkeiten«, sagte er zu dem goldenen Mädchen auf dem Sitz neben sich. »Entweder sie

bleiben auf der geplanten Strecke, oder sie nehmen eine von diesen beiden hier.«
Sie sagte nichts.
»Nach der vergangenen Nacht werden sie ihre Pläne ändern.«
Als seine Kopfschmerzen verschwunden waren, hatte Leland auch seinen selektiven Gedächtnisschwund überwunden. Jetzt konnte er sich an alles erinnern: Er war eine Stunde vor ihnen im Motel angekommen, hatte die Halle beobachtet, bis sie eingetroffen waren, war ihnen vorsichtig zu ihrem Zimmer gefolgt, war in tiefster Nacht zurückgekehrt und hatte versucht, ihr Schloß zu knacken, die lautlose Verfolgungsjagd, und die Axt . . . Wenn diese verdammten Kopfschmerzen nur noch ein paar Augenblicke gewartet hätten, wenn sie ihn nicht so plötzlich überfallen hätten, dann hätte er Alex Doyle aus dem Weg geschafft.
Die Erkenntnis, daß er versucht hatte, einen Menschen zu töten, beunruhigte George Leland nicht im geringsten. Nachdem er durch andere so vieles hatte erleiden müssen, war er schließlich zu der Überzeugung gekommen, daß es nur einen Weg gab, diese weitreichende Verschwörung gegen seine Person zu zerschlagen: Gewalt, Brutalität, Gegenangriff. Er mußte die gesamte böse Vereinigung zerschmettern, die einzig und allein gegründet worden war, um ihn in die totale Verzweiflung zu treiben. Und da Alex Doyle – und auch der Junge – die Eckpfeiler dieser Verschwörung waren, war ein Mord durchaus gerechtfertigt. Er handelte in Selbstverteidigung.
Am Montag, als er seine eigenen Augen im Spiegel gesehen hatte, war er verwirrt und schockiert über das gewesen, was er gesehen hatte. Wenn er jetzt in einen Spiegel sah, dann erblickte er nur ein Spiegelbild, eine naturgetreue Wiedergabe. Immerhin tat er nur das, was Courtney wollte, so daß sie

wieder zusammensein konnten, so daß alles wieder so wunderbar sein konnte, wie es vor zwei Jahren war.

»Sie können entweder nach Wyoming und auf der Interstate 80 fahren, oder sie fahren auf der Route 24 nach Südwesten. Was meinst du?«

»Was immer du sagst, George«, antwortete das goldene Mädchen, dessen Stimme leise, aber angenehm klang, wie eine glückliche Erinnerung.

Leland studierte ein paar Minuten die Karte. »Verdammt . . . Wahrscheinlich sind sie bei Cheyenne auf die I 80 gefahren. Und selbst wenn, und selbst wenn wir dorthin fahren und sie einholen, wir würden ihnen nichts tun können. Das ist einer der wichtigsten Highways. Zuviel Verkehr, zu viele Polizeikontrollen. Wir könnten nichts weiter tun, als ihnen folgen – und das genügt nicht.« Er schwieg eine Weile und dachte nach. »Aber wenn sie den anderen Weg genommen haben, dann sieht die Sache schon wieder ganz anders aus. Das ist einsames Land. Nicht soviel Verkehr. Weniger Bullen. Wir könnten den Zeitverlust einholen. Und wir haben unterwegs vielleicht sogar die Möglichkeit, sie wegzuschaffen.«

Sie wartete schweigend.

»Wir nehmen die Route 24«, entschied er schließlich. »Und wenn sie die andere Strecke genommen haben . . . Nun, wir können sie immer noch heute nacht in ihrem Motel erwischen.«

Sie sagte nichts.

Er lächelte sie an, faltete die Karte zusammen und legte sie auf die Box, wo sie die blaugraue Pistole verdeckte.

Er ließ den Motor an.

Er fuhr weg vom Rockies Motor Hotel und dann hinaus aus Denver, nach Südwesten, Richtung Utah.

Im Verlauf des Morgens ließen sie die Berge und den letzten Schnee des Winters hinter sich und fuhren durch die pinienbewachsenen Täler Colorados. Bald darauf befanden sie sich wieder in Sonne und Sand. Sie kamen durch Rifle und Debeque, überquerten zweimal den Fluß Colorado, dann passierten sie Grand Junction und kurz darauf die Grenze. In Utah fielen die Berge in der Ferne zurück, das Land wurde sandiger, der Verkehr nahm mehr und mehr ab. Manchmal war ihr Auto über weite Abschnitte der geraden Straße weit und breit das einzige.

»Was wäre, wenn wir jetzt einen Platten hätten?« fragte Colin und deutete auf die unbewohnten Landstriche.

»Haben wir nicht.«

»Könnte aber sein.«

»Wir haben vier neue Reifen«, sagte Doyle.

»Und wenn doch?«

»Dann würden wir ihn wechseln.«

»Und wenn auch das Reserverad einen Platten hätte?«

»Dann würden wir es richten.«

»Wie?«

Alex wurde klar, daß sie wieder eines der Spiele des Jungen spielten, und er lächelte. Vielleicht hatte Colin ja recht und es war jetzt alles vorbei. Vielleicht könnten sie während der restlichen Reise wieder soviel Spaß haben wie am Anfang.

»Im Werkzeugkasten, der sich im Kofferraum dieses Autos befindet«, antwortete Doyle mit einer übertriebenen Professorenstimme, »gibt es eine große Sprühdose, die man ans Ventil des platten Reifens hält. Sie pumpt den Reifen auf und verschließt gleichzeitig das Loch. Damit ist es möglich, bis zur nächsten Werkstatt zu fahren, die einem weiterhelfen kann.«

»Verdammt schlau.«

»Nicht?«

Colin hielt eine imaginäre Sprühdose in der Hand, drückte deren unsichtbaren Knopf und gab ein stotterndes Geräusch von sich. »Was ist, wenn diese Sprühdose nicht funktioniert?«
»Oh, das tut sie!«
»Okay . . . Aber was ist, wenn wir *drei* platte Reifen haben?«
Doyle lachte.
»Das könnte vorkommen«, sagte Colin.
»Klar. Und wir könnten *vier* platte haben.«
»Und was dann?«
Als Doyle gerade sagen wollte, daß sie dann aus dem Auto aussteigen und zu Fuß gehen würden, ertönte hinter ihnen eine Hupe. Sie war laut und nahe und empfindlich vertraut. Es war der Lieferwagen.

16

Bevor Alex angemessen reagieren konnte, bevor die Angst in ihm hochsteigen und er auf das Gaspedal treten und dem Automover davonfahren konnte, scherte der Lieferwagen auf die linke Fahrspur aus und fing an, sie zu überholen, ohne dabei mit dem Hupen aufzuhören. Auf der grauen, hitzeflimmernden Straße – die überschaubar war bis zu den Meilen entfernten, hohen, zerklüfteten Capitol Reefs – war kein ostwärts fahrender Verkehr zu sehen, der dem Lieferwagen in die Quere kommen konnte.
»Du darfst nicht zulassen, daß er uns überholt!« Colins Stimme klang flehentlich.
»Ich weiß.«
Wenn es dem Dreckskerl gelang, sie zu überholen, konnte er

die gesamte Straße versperren. Der Schotterstreifen am Straßenrand war zu schmal, der Sand daneben so trocken und lose, daß der Thunderbird, würde er einmal die Straße verlassen, die Führung nicht wieder übernehmen konnte.
Doyle trat das Gaspedal durch.
Der große Wagen schnellte vorwärts.
Aber der Fremde im Lieferwagen mochte verrückt sein, dumm jedenfalls war er nicht. Er hatte das Manöver erwartet. Er gab ebenfalls Gas, und vorläufig gelang es ihm noch, mit Doyle Schritt zu halten.
Der Wind heulte zwischen den beiden nebeneinander dahinrasenden Fahrzeugen.
»Wir fahren ihm davon.«
Colin antwortete nicht.
Die schlanke Tachonadel kletterte gleichmäßig auf achtzig, dann auf fünfundachtzig. Doyle sah sie nur einmal an. Colin jedoch betrachtete sie unablässig voll Grauen.
Das flache Land sauste in einem weiß schimmernden Wirbel von Sand und Hitze und bloßliegendem Salz an ihnen vorbei.
Und der Automover fuhr neben ihnen.
»Er kann nicht mithalten«, sagte Alex.
Neunzig. Fünfundneunzig . . .
Während sie sich hundert Meilen pro Stunde näherten und der Wind zwischen ihnen heulte, zog der Verrückte das Lenkrad nach rechts. Nicht viel. Nur ein klein wenig. Und nur einen Augenblick. Der gesamte Flanke des Automovers bekam kurzen Kontakt mit der vollen Länge des Thunderbird.
Funken stoben und fielen wie ein heller Sternenregen vor Doyle über die Windschutzscheibe. Das gequälte Metall der Zierleisten kreischte und hustete, bevor es flach gedrückt war.

Das Lenkrad wurde Doyle beinahe aus den Händen gerissen. Er mühte sich damit ab, während das Auto auf den Straßenrand schlingerte und Geröll aufwirbelte, das gegen die Unterseite schlug. Ihre Geschwindigkeit sank, sie begannen einen langsamen Kurs seitwärts. Alex glaubte, daß sie jeden Augenblick mit dem Lieferwagen zusammenprallen würden, der immer noch neben ihnen war. Aber dann beruhigte sich das Fahrzeug wieder . . . Er lenkte auf den Asphalt zurück und trat aufs Gas, wenngleich er lieber gebremst hätte.

»Alles klar?« fragte er Colin.

Der Junge schluckte heftig. »Ja.«

»Du solltest dich besser festhalten. Wir werden verdammt noch mal machen, daß wir hier wegkommen«, sagte er, während der Thunderbird allmählich seine Spitzengeschwindigkeit von vorher wieder erreichte und Schatten auf den Chevrolet warf.

Doyle riskierte es, den Blick ganz kurz von der Straße abzuwenden, und sah zum Seitenfenster des Lieferwagens hoch, der nicht mehr als siebzig, achtzig Zentimeter entfernt war. Ungeachtet dieser geringen Entfernung konnte er jedoch den Fahrer nicht sehen, nicht einmal seine Silhouette. Der Mann saß höher als Doyle, auf der entgegengesetzten Seite der Fahrerkabine, und das gelbweiße Wüstensonnenlicht, das sich auf den Scheiben spiegelte, verbarg ihn zusätzlich.

Wieder achtzig Meilen pro Stunde, um verlorene Zeit und verlorenen Boden wettzumachen. Dann fünfundachtzig, und die Tachonadel zitterte leicht. Bei fünfundachtzig zögerte sie; einen Augenblick sah es so aus, als würde sie dort verharren, doch dann machte sie einen Ruck und stieg langsam.

Alex beobachtete den Chevrolet aus dem Augenwinkel.

Wenn der andere sie wieder rammen wollte, würde er sofort an den Straßenrand fahren und versuchen, einer neuerlichen Kollision aus dem Weg zu gehen. Viele solcher Zusammenstöße konnten sie sich nicht leisten. Wenngleich sein Preis eineinhalbmal so hoch war wie der des Lieferwagens, würde das große Luxusauto viel schneller und gründlicher ruiniert sein als der Chevrolet. Es würde zusammenzudrücken sein wie eine Papierkonstruktion und sich immer wieder überschlagen wie ein schwereloses Modell, und es würde schneller brennen als Pappkarton.
Bei neunzig Meilen pro Stunde fing das Auto an, böse zu rütteln und ein Geräusch von sich zu geben wie Geröll auf dem Grund einer Waschschüssel. Das Lenkrad vibrierte heftig, bevor es in Doyles Hand selbständig hin und her zu drehen begann.
Doyle nahm den Fuß ein wenig vom Gas, wenngleich er das als allerletztes tun wollte.
Die Nadel sank. Bei fünfundachtzig fuhren sie wieder ruhig, und das Auto war unter Kontrolle.
»Etwas ist kaputt!« rief Colin über das Heulen des Windes und das Dröhnen der beiden wetteifernden Motoren hinweg.
»Nein. Muß ein schlechter Straßenabschnitt gewesen sein.«
Alex wußte, daß ihr Glück nicht zum Besten stand, hoffte aber, daß das, was er dem Jungen erzählt hatte, der Wahrheit entspräche. Bitte, Gott, laß es die Wahrheit sein. Laß es nichts Ernsteres als ein schlechter Straßenabschnitt sein. Laß dem Thunderbird nichts zustoßen. Laß ihn durchkommen. Sie durften nicht hier draußen in der Sand- und Salzwüste stranden, fernab von jeglicher Hilfe, allein mit dem Verrückten.
Er trat aufs Gas.
Das Auto beschleunigte, neunzig . . .

Dann fing das heftige Rütteln wieder an, als wären Rahmen und Karosserie nicht mehr fest verbunden und schlugen gegeneinander, teilten sich, schlugen erneut gegeneinander. Als er diesmal die Kontrolle über das Lenkrad verlor, spürte er das schreckliche Zittern auch im Gaspedal. Ihre Höchstgeschwindigkeit würde fünfundachtzig sein. Ansonsten würde das Auto auseinanderfallen. Damit konnten sie auch dem Chevrolet nicht davonfahren.

Der Fahrer des Lieferwagens schien das im selben Augenblick zu merken wie Doyle. Er hupte, dann zog er mit dem Ziel an ihnen vorbei, ganz die Herrschaft über die Straße zu haben.

»Was machen wir jetzt?« Colins Stimme zitterte leicht.

»Warten und sehen, was *er* macht.«

Als der Automover sich ungefähr tausend Meter vor ihnen befand, eingehüllt in das trügerische Flimmern, das von dem überhitzten Asphalt aufstieg, bremste er auf fünfundachtzig Meilen ab und hielt einen konstanten Vorsprung von einer halben Meile.

Eine Meile ging dahin.

Das Land auf beiden Seiten der Straße wurde noch weißer, als wäre es von der gnadenlosen Sonne gebleicht worden. Es wurde lediglich von häßlichen Flecken kargen Buschwerks und einem gelegentlichen Felszahn unterbrochen, der kariös und angegriffen von Wüstenwind und Hitze wirkte.

Zwei Meilen.

Aus den Ventilen am Armaturenbrett wehte kühle Luft, dennoch war es im Inneren des Thunderbird stickig und eng. Alex spürte Schweißperlen auf seiner Stirn. Sein Hemd klebte an ihm.

Drei Meilen.

»Vielleicht sollten wir anhalten«, schlug Colin vor.

»Und umkehren?«

»Vielleicht.«
»Er würde uns sehen«, sagte Doyle. »Er würde wenden und uns folgen – und nicht lange, dann würde er wieder vor uns sein.«
»Nun . . .«
»Warten wir ab, und sehen wir, was er macht«, sagte Doyle noch einmal und versuchte, die Angst aus seiner Stimme herauszuhalten. Er wußte, daß der Junge ein Vorbild an Kraft brauchte. »Könntest du die Karte nehmen und nachsehen, wie weit es bis zur nächsten Stadt ist?«
Colin begriff die Bedeutung dieser Frage. Er griff nach der Karte und schlug sie auf den Knien auf. Sie bedeckte ihn fast ganz. Er blinzelte durch seine Colaflaschengläser, fand ihre letzte bekannte Position, schätzte die Entfernung, die sie seither zurückgelegt hatten, und kennzeichnete die Stelle mit einem Finger. Er fand die nächste Stadt, glich die Strecke mit der Legende am Rand der Karte ab und begab sich ans Kopfrechnen.
»Nun?« fragte Doyle.
»Sechzig Meilen.«
»Bist du sicher?«
»Eindeutig.«
»Ich verstehe.«
Das war verdammt weit.
Colin legte die Karte zusammen und verstaute sie wieder. Er saß da wie eine Steinskulptur, fixiert auf das Heck des Lieferwagens.
Der Highway führte einen sanften Hang hinauf und fiel dann in ein breites Sodabecken ab. Er sah aus wie ein Tintenstrich, der über ein weißes Blatt Schreibmaschinenpapier gezogen worden ist. Bis meilenweit nach Westen war die Straße verlassen. Nichts regte sich hier draußen.
Diese völlige Isolation war genau das, was der Fahrer des

Lieferwagens wollte. Er bremste heftig, scherte nach rechts aus und fuhr dann einen weiten Bogen nach links. Der Wagen kam quer über die Straße zum Stillstand und blokkierte beide Fahrspuren zu einem Großteil.

Doyle trat auf die Bremse, dann aber wurde ihm klar, daß es sinnlos war, langsamer zu fahren oder gar anzuhalten. Er preßte den Fuß wieder aufs Gas. »Los geht's«

Mit einer konstanten Geschwindigkeit von fünfundachtzig Meilen raste der Thunderbird dem Lieferwagen entgegen und zielte genau auf das Zentrum der auf der Seite aufgemalten grünen und blauen Werbung. Siebenhundert Meter lagen zwischen ihnen. Jetzt nur noch sechshundert – fünf-, vier-, dreihundert . . .

»Er wird nicht ausweichen!« sagte Colin.

»Macht nichts.«

»Wir werden zusammenstoßen!«

»Nein.«

»Alex . . .«

Fünfzig Meter von dem Lieferwagen entfernt riß Doyle das Lenkrad nach rechts. Reifen quietschten. Das Auto raste über den Schotter am Straßenrand und hüpfte wild auf und ab, als hätten sich die Stoßdämpfer in Gummi verwandelt, und raste immer weiter.

Doyle war sich darüber im klaren, daß er versuchte, ein Kunststück durchzuführen, das er noch vor gar nicht so langer Zeit für unmöglich gehalten hätte. Unmöglich oder nicht, es war jetzt ihre einzige Hoffnung. Er hatte schreckliche Angst.

Das Auto pflügte in den körnigen weißen Boden neben dem Highway, Sodastaub wehte hinter ihnen auf wie ein Kondensstreifen. In den ersten paar Sekunden verlangsamte sich ihre Geschwindigkeit um ein Drittel, und der Thunderbird schwankte übelkeiterregend in der sandigen Erde.

Es wird uns aufhalten, dachte Doyle. Wir stranden hier.
Er trat das Gaspedal bis zum Anschlag durch.
Wenngleich sie immer noch schneller als fünfzig fuhren, protestierten die breiten Reifen gegen den Verlust des Widerstandes und drehten durch. Das Auto schlitterte zur Seite, schwenkte aber wieder zurück, bevor es beschleunigte, wie von ihm verlangt wurde.
Sie rasten an dem Automover vorbei.
Doyle lenkte in Richtung Highway zurück. Er hielt das Gaspedal bis zum Boden durchgetreten. Durch das teilweise ungehorsame Lenkrad konnte er spüren, wie sich die tückische Landschaft unter ihnen veränderte. Aber bevor der Sand einen oder mehrere Reifen festhalten konnte, waren sie schon auf der Straße und wirbelten auf dem Asphaltbelag Hunderte kleiner Steine auf.
Innerhalb von Sekunden fuhren sie wieder mit fünfundachtzig Meilen in Richtung Westen und ließen den Lieferwagen hinter sich.
»Du hast es geschafft!« sagte Colin.
»Noch nicht.«
»Aber du hast es geschafft!« Er hatte immer noch Angst, aber er hörte sich auch aufgeregt und angenehm überrascht an.
Doyle sah in den Spiegel.
Weit hinter ihnen setzte der Lieferwagen zur Verfolgung an, ein weißer Fleck in der noch weißeren Landschaft.
»Kommt er?« fragte Colin.
»Ja.«
»Versuch mal, ob es jetzt schneller als neunzig geht.«
Doyle versuchte es, aber das Auto fing wieder heftig an zu rütteln. »Geht nicht. Muß etwas beschädigt worden sein, als er uns gerammt hat.«
»Wenigstens wissen wir jetzt, daß du uns um jede Straßen-

sperre herumbringen kannst, die er errichten kann«, sagte der Junge.

Doyle sah ihn an. »Du hast mehr Vertrauen in meine Fahrkünste als ich selbst. Das eben war verdammt haarig.«

»Du schaffst es«, sagte Colin. Im Licht der Wüstensonne, das durch das Fenster fiel, sahen seine nickelgefaßten Brillengläser wie winzige Leuchtröhren aus.

Drei Minuten später saß ihnen der andere wieder im Nakken.

Aber als er versuchte, sie zu überholen, scherte Doyle auf die linke Fahrspur aus, blockierte den Lieferwagen und zwang ihn zurückzufallen. Als der Chevy versuchte, sie rechts zu überholen, scherte Doyle wieder vor ihm ein und drückte selbst auf die Hupe, um dem wütenden Hupen des anderen zu trotzen.

Dieses Spiel dauerte mehrere Meilen und Minuten an. Sie schwenkten von einer Fahrspur auf die andere. Dann fand der Lieferwagen doch eine Lücke, die er sich zunutze machte, um mit ihnen gleichzuziehen.

»Jetzt geht's wieder los«, sagte Doyle.

Als wäre das sein Stichwort gewesen, überbrückte der Automover den Zwischenraum zwischen ihnen und rammte ihr Auto. Sofort stoben Funken und wirbelten auf, und das Metall kreischte, aber nicht so heftig und knirschend wie beim ersten Mal, als sie zusammengestoßen waren.

Alex kämpfte mit dem Lenkrad. Sie rasten mit zwei Reifen auf dem Schotterstreifen entlang, bevor er sie wieder auf den Highway bringen konnte.

Der Lieferwagen stieß erneut mit ihnen zusammen, diesmal heftiger als zuvor.

Jetzt verlor Alex die Kontrolle über den Wagen. Er konnte das schweißfeuchte Lenkrad nicht mehr halten, es glitt ihm durch die Hände. Es war so schlüpfrig wie ein Stück Butter.

Erst als sie von der Straße ab waren und wie irrsinnig durch aufwirbelnden Sand schleuderten, bekam er das feuchte Plastik fest zu fassen und hatte ihr Schicksal wieder in der Hand.
Sie fuhren fünfundvierzig, als sie wieder auf der Straße kamen, und sie waren ein paar Meter vor dem Lieferwagen. Aber er holte sie einen Augenblick später ein und klebte wieder neben ihnen, bis sie auf fünfundachtzig beschleunigt hatten. Die gesamte rechte Seite des Automovers war zerkratzt und zerschrammt. Doyle wußte, während er ängstlich zu dem Fahrzeug hinüber sah, daß sich die linke Seite des Thunderbird in einem viel schlimmeren Zustand befinden mußte.
Der Lieferwagen schwenkte wieder auf sie zu. Es gab einen so lauten Knall, daß Alex dachte, sie wären zum viertenmal getroffen worden. Aber dem Geräusch folgte kein Aufprall. Und dann wurde der Chevrolet plötzlich langsamer und blieb hinter ihnen zurück.
»Was macht er denn?« fragte Colin.
Es war zu schön, um wahr zu sein, dachte Doyle. »Einer seiner Reifen ist geplatzt.«
»Du machst Witze.«
»Ich mache keine Witze.«
Der Junge sank in den Sitz zurück, blaß und zitternd, schlaff, kraftlos. Mit dünner Stimme flüsterte er fast: *»Mein Gott!«*

17

Die Stadt hatte trotz der unwirtlichen Landschaft, in der sie sich befand, überlebt. Die flachen Gebäude aus Holz, Ziegel oder Stein hatten unter der gnadenlosen Sonne und dem

Wind herbeigewehten Sand allesamt eine trübe gelbe Färbung angenommen. Hier und da umkränzten Sodakrusten Mauerecken, aber das war auch schon die einzige Abwechslung in der Einförmigkeit. Der Highway – hier zur Hauptstraße der Stadt geworden – bildete eine grauschwarze Linie durch die Wüste von Colorado; aber jetzt erlag er dem Einfluß der Stadt und war ebenfalls ockergelb und staubig. Draußen, auf dem offenen Land, wehte der Wind die Straße sauber; aber hier hielten die Häuser den Wind ab, der Staub sammelte sich. Ein weicher Puder überzog die Automobile und nahm ihnen den Glanz. Der Staub schien der Wüste allmählich diese karge Enklave zurückzustehlen, die die Menschen ihr abgerungen hatten.

Das Polizeirevier, drei Blocks von der Hauptstraße entfernt, war so armselig wie alles andere auch, ein einstöckiges Gebäude, bei dem der Mörtel zwischen den senffarbenen Steinen herausbröckelte.

Der diensthabende Officer des Reviers, ein Mann, der sich selbst Captain Ackridge nannte, trug eine braune Uniform, die dieser Stadt angemessen war, und hatte ein kantiges, erfahrenes Gesicht, das nicht zu ihr passen wollte. Er war über einsachtzig groß, wog zweihundert Pfund und war vielleicht zehn Jahre älter als Doyle, aber mit einem Körper, der zehn Jahre jünger schien. Sein kurzgeschnittenes Haar war schwarz, die Augen noch dunkler als das Haar. Er stand da wie ein Soldat bei einer Parade, starr und stolz.

Er kam heraus und sah sich den Thunderbird an. Er ging vollständig darum herum und schien sich für die unversehrte Seite ebenso stark zu interessieren wie für die eingedellte und zerschrammte Beifahrerseite. Er beugte sich dicht über die getönte Windschutzscheibe und musterte Colin, als wäre dieser ein Fisch in einem Aquarium. Dann betrachtete er noch einmal die Schäden an der linken Seite des Autos und schien damit zufrieden zu sein.

»Kommen Sie wieder mit rein«, sagte er zu Doyle. Seine Stimme war trotz des südwestlichen Akzents deutlich und klar. »Wir unterhalten uns darüber.«

Sie gingen zurück ins Revier und durchquerten das öffentliche Büro, wo zwei Sekretärinnen auf Schreibmaschinen einhackten und ein uniformierter, übergewichtiger Polizist gerade Kaffeepause machte und ein Eclair in sich hineinstopfte. Sie gingen durch die Tür in Ackridges Büro, und der große Mann machte die Tür hinter ihnen zu.

»Was, meinen Sie, kann man unternehmen«, fragte Doyle, während sich Ackridge hinter seinen ordentlich aufgeräumten Schreibtisch begab.

»Nehmen Sie Platz.«

Doyle ging zu dem Stuhl, der vor dem zerkratzten Metallschreibtisch stand, setzte sich aber nicht. »Hören Sie, dieser platte Reifen wird den Dreckskerl nicht lange aufhalten. Und wenn er . . .«

»Bitte setzen Sie sich, Mr. Doyle«, sagte der Polizist und setzte sich ebenfalls. Sein Sprungfedersessel quietschte, als befände sich eine lebende Maus im Polster.

Doyle setzte sich ein wenig gereizt. »Ich finde . . .«

»Überlassen Sie das mal mir«, sagte Ackridge mit einem kurzen Lächeln. Es war ein imitiertes Lächeln, völlig falsch. Der Polizist schien selbst zu merken, daß es eine schlechte Karikatur war, denn er ließ es sofort wieder sein. »Können Sie sich ausweisen?«

»Ich?«

»Sie habe ich gefragt.«

Die Stimme des Beamten klang eigentlich nicht richtig böse, dennoch lief es Alex kalt über den Rücken. Er nahm die Brieftasche heraus, zog den Führerschein aus seiner Plastikhülle und schob ihn über den Schreibtisch.

Der Polizist studierte ihn. »Doyle.«

»Ganz recht.«
»Philadelphia?«
»Ja, aber wir ziehen nach San Francisco. Ich habe natürlich noch keinen kalifornischen Führerschein.« Er wußte, er war kurz davor zu stammeln, doch seine Zunge wurde weniger von den Nachwirkungen der Angst nach der Begegnung mit dem Wahnsinnigen gebremst, als durch Ackridges stechenden Blick.
»Haben Sie einen Fahrzeugschein für den T-Bird?«
Doyle schlug ihn auf, hielt die Brieftasche bei der entsprechenden Plastikhülle geöffnet und schob dem Polizisten schließlich die ganze Mappe hin.
Ackridge betrachtete sie ziemlich lange. In seinen Pranken wirkte die Brieftasche winzig. »Ist das der erste Thunderbird, den Sie besitzen?«
Alex begriff nicht, was das mit seinem Problem zu tun hatte, aber er beantwortete die Frage dennoch. »Der zweite.«
»Beruf?«
»Meiner? Werbegraphiker.«
Ackridge sah ihn an, seine stechenden Augen schienen durch ihn hindurchzusehen. »Und was genau ist das?«
»Ich gestalte Werbeanzeigen und dergleichen«, sagte Doyle.
»Und dafür werden Sie gut bezahlt?«
»Ziemlich gut«, sagte Doyle.
Ackridge fing an, die anderen Karten in der Brieftasche durchzublättern, wobei er sich für jede ein paar Augenblicke Zeit nahm. Sein nüchternes, intensives Interesse an diesen privaten Dingen war fast obszön.
Was, zum Teufel, ist hier los? überlegte sich Doyle. Ich bin hierhergekommen, um ein Verbrechen zu melden. Ich bin ein anständiger, rechtschaffener Bürger – nicht der Verdächtige!
Er räusperte sich. »Entschuldigen Sie, Captain.«

Ackridge hörte auf, sich die Karten anzusehen. »Was ist denn?«
Gestern nacht, dachte Doyle, bin ich mit einem Mann fertig geworden, der mich mit einer Axt ermorden wollte. Also werde ich doch heute sicher diesem engstirnigen Polizisten trotzen können.
»Captain«, sagte er, »ich verstehe nicht, weshalb Sie sich so sehr dafür interessieren, wer ich bin. Wäre es nicht viel wichtiger, nun – nach diesem Mann im Automover zu suchen?«
»Ich bin immer der Meinung, es zahlt sich aus, wenn man das Opfer so gut kennt wie den Täter«, sagte Ackridge. Damit wandte er sich wieder den Karten in Doyles Brieftasche zu.
Nichts stimmte hier. Wie um alles in der Welt hatte es so schiefgehen können – und warum?
Um sich den demütigenden Anblick des Polizisten zu ersparen, der in seiner Brieftasche herumschnüffelte, sah sich Alex in dem Raum um. Die Wände waren behördlich grau und wurden lediglich von drei Dingen aufgelockert: einer plakatgroßen gerahmten Fotografie des verstorbenen J. Edgar Hoover; und einer eineinhalb Meter im Quadrat messenden Karte der näheren Umgebung. An einer Wand standen Aktenschränke in einer Reihe, lediglich von einem Fenster und einer Klimaanlage unterbrochen. Es gab drei Stühle mit harten Lehnen, den Schreibtisch, den Sessel, auf dem Ackridge saß, und eine Fahnenstange mit einer großen Flagge aus Baumwolle und Seide.
»Verweigerer aus Gewissensgründen?« fragte Ackridge.
Alex sah ihn überrascht an. »Was haben Sie gesagt?«
Ackridge zeigte ihm den Wehrpaß in seiner Brieftasche. »Hier steht, daß Sie Wehrdienstverweigerer sind.«
Warum hatte er diese Karte behalten? Er war gesetzlich nicht

verpflichtet, sie bei sich zu tragen, besonders jetzt nicht mehr, nachdem er dreißig geworden war. Sie hatten schon lange aufgehört, Männer über sechsundzwanzig einzuziehen. Der Wehrdienst war praktisch für alle längst in Vergessenheit geraten. Und dennoch hatte er die Karte immer wieder in eine neue Brieftasche umsortiert. Warum? Hatte er unbewußt geglaubt, das die Karte der Beweis dafür war, daß seine Philosophie der Gewaltlosigkeit auf Prinzipien beruhte, nicht auf Feigheit? Oder hatte er sich einfach der weitverbreiteten amerikanischen Neurose ergeben – der Unfähigkeit, etwas wegzuwerfen, was ein auch nur vages offizielles Aussehen hatte, ganz gleich, wie veraltet es sein mochte.

»Ich habe Ersatzdienst in einem Veteranenkrankenhaus abgeleistet«, sagte Doyle, wenngleich er der Meinung war, daß er sich vor Ackridge eigentlich nicht rechtfertigen mußte.

»Ich war zu jung für Korea und zu alt für Vietnam«, sagte der Polizist. »Aber ich habe zwischen den beiden Kriegen in der regulären Armee Dienst getan.« Er gab ihm Führerschein und Brieftasche zurück.

Alex schob den Führerschein in die Brieftasche, die Brieftasche in seine Innentasche und sagte: »Wegen diesem Mann im Chevrolet . . .«

»Haben Sie je Marihuana genommen?« fragte Ackridge.

Sachte, dachte Doyle. Sei verdammt vorsichtig. Sei verdammt höflich.

»Vor langer Zeit«, sagte er dem Polizisten. Er versuchte nicht mehr, auf den Mann im Lieferwagen zu sprechen zu kommen, denn er sah, daß Ackridge, aus welchen Gründen auch immer, nicht an ihm interessiert war.

»Immer noch?«

»Nein.«

Ackridge lächelte. Es war dieselbe schlechte Karikatur. »Und selbst wenn Sie es jeden Tag der Woche nehmen würden, würden Sie das einem verknöcherten, alten Bullen wie mir doch nicht erzählen.«

»Ich sage die Wahrheit.« Doyle spürte wieder Schweiß auf der Stirn.

»Andere Sachen?«

»Was meinen Sie damit?«

Ackridge beugte sich über den Schreibtisch und senkte die Stimme zu einem melodramatischen Flüstern: »Barbiturate, Amphetamine, LSD, Kokain . . .«

»Drogen sind für Menschen, denen eigentlich nichts am Leben liegt«, antwortete Doyle. Er glaubte, was er sagte, aber er wußte, daß es sich für den Polizisten hohl anhören mußte. »Ich liebe zufällig mein Leben. Ich brauche keine Drogen. Ich kann auch ohne sie glücklich sein.«

Ackridge sah ihn einen Augenblick eindringlich an, dann lehnte er sich in seinen Sessel zurück und überkreuzte die kräftigen Arme über der Brust. »Möchten Sie wissen, weshalb ich diese Fragen stelle?«

Alex antwortete nicht, denn er war nicht sicher, ob er es wissen wollte oder nicht.

»Ich will es Ihnen sagen«, fuhr Ackridge fort. »Ich habe zwei Theorien über Ihre Geschichte – über den Mann in dem Lieferwagen. Die erste ist – es ist überhaupt nicht passiert. Es war alles eine Halluzination von Ihnen. Könnte sein. Wenn Sie wirklich high auf etwas waren, möglicherweise LSD, dann hätten Sie sich selbst einen gewaltigen Schrecken einjagen können.«

Es ist das Beste, jetzt einfach zuzuhören. Nicht widersprechen. Laß ihn einfach weiterfaseln und hoffen, daß du möglichst schnell und unbeschadet hier herauskommst. Aber Alex konnte nicht anders, er mußte es noch einmal versuchen: »Was ist mit der Seite meines Autos? Der Lack ist ab. Die Karosserie ist aufgerissen. Die Tür geht nicht auf . . .«

»Ich sage nicht, daß das *eingebildet* ist«, sagte Ackridge zu ihm. »Aber es könnte sein, daß sie an eine Mauer gestreift sind, einen Felsvorsprung oder so etwas.«

»Fragen Sie Colin«, sagte Doyle.

»Den Jungen im Auto? Ihren . . . Schwager?«

»Ja.«

»Wie alt ist er?«

»Elf.«

Ackridge schüttelte den kantigen Kopf. »Das ist zu jung für mich. Und er würde wahrscheinlich alles sagen, wenn er denkt, daß Sie es von ihm hören wollen.«

Alex räusperte sich, seine Kehle war zugeschnürt und trokken. »Durchsuchen Sie das Auto. Sie werden keine Drogen finden.«

»Nun«, sagte Ackridge und betonte seinen Akzent absichtlich, »lassen Sie mich Ihnen meine zweite Theorie darlegen, bevor Sie hier auf die Barrikaden gehen. Ich finde, sie ist sowieso die bessere. Wissen Sie, wie die geht?«

»Nein.«

»Ich glaube, Sie sind in Ihrem tollen schwarzen Auto dahingerast und haben König der Landstraße gespielt, und dabei kamen Sie an einem Jungen aus der Gegend hier vorbei, der einen alten und zerbeulten Lieferwagen fuhr, weil er sich nicht mehr leisten konnte.« Ackridge lächelte wieder, und diesmal war es ein echtes Lächeln. »Wahrscheinlich hat er Sie gesehen, mit ihrer bunten Kleidung, Ihrem langen Haar und ihrem weibischen Gebaren, und er fragte sich, wieso Sie sich dieses große Auto leisten können und er sich mit dem alten Lieferwagen begnügen muß. Natürlich wurde er um so wütender, je länger er darüber nachdachte. Also hat er mit Ihnen gleichgezogen und ein kleines Duell auf dem Highway veranstaltet. Seinem alten Wrack konnte ja nichts mehr passieren. Sie waren der einzige, der etwas Kostbares zu verlieren hatte.«

»Warum sollte ich Ihnen erzählen, daß es ein Automover war? Warum sollte ich wegen eines Wettrennens auf der Landstraße eine so ausgefallene Geschichte erfinden?« fragte Doyle, der kaum imstande war, seinen Zorn zu verhehlen, aber genau wußte, daß er im Gefängnis landen oder ihm Schlimmeres drohen könnte, wenn er sich gehenließ.

»Nichts leichter als das.«

»Ich würde es gerne hören.«

Ackridge stand auf und stieß seinen Sessel zurück, schritt zur Flagge hinüber und blieb dort mit auf dem Rücken verschränkten Händen stehen. »Sie haben sich gedacht, daß ich einen hiesigen Jungen nicht verfolgen würde, daß ich einem von uns den Vorzug vor einem Fremden wie Ihnen geben würde. Also haben Sie sich diese Geschichte ausgedacht, damit ich den Fall aufrolle. Und wenn ich erst einmal eine vollständige Untersuchung begonnen hätte, dann hätte ich nicht so einfach einen Rückzieher machen können, wenn ich die wahre Geschichte herausgefunden hätte.«

»Das ist an den Haaren herbeigezogen«, sagte Doyle. »Und das wissen Sie genau.«

»Für mich klingt es vernünftig.«

Alex stand auf, die feuchten Hände hatte er an den Seiten zu Fäusten geballt. Einst wäre es ihm leichtgefallen, diese schändliche Behandlung hinzunehmen und ohne einen weiteren Gedanken davonzukriechen. Aber jetzt, nach den Veränderungen, die während der vergangenen Tage in ihm stattgefunden hatten, konnte er eine solche Demütigung nicht mehr auf sich sitzen lassen. »Sie wollen uns also nicht helfen?«

Jetzt sah Ackridge ihn mit aufrichtigem Haß an. Zum erstenmal klang richtige Bösartigkeit aus seinen Worten. »Ich bin kein Mann, den Sie heute ein Schwein nennen können – und zu dem Sie dann morgen gelaufen kommen, wenn Sie Hilfe brauchen.«

»Ich habe noch nie einen Polizisten als Schwein bezeichnet«, erwiderte Alex.

Aber der Polizist hörte ihm nicht zu. Er schien direkt durch Doyle hindurchzusehen, als er fortfuhr: »Dieses Land ist schon seit fünfzehn oder mehr Jahren wie ein kranker Mann. Es befand sich im Delirium, taumelte hierhin und dorthin, und rempelte überall an, ohne zu wissen, wo es war, wohin es wollte, oder nur, ob es überleben würde. Aber jetzt ist es nicht mehr so krank. Es schüttelt die Parasiten ab, die es krank machten. Bald wird es überhaupt keine Parasiten mehr geben.«

»Ich verstehe«, sagte Alex, der aus Angst und Wut gleichermaßen unkontrolliert zitterte.

»Es wird bald *alle* Bazillen vernichtet haben und wieder so gesund sein, wie es mal war«, sagte Ackridge und grinste breit, während er die Hände noch auf dem Rücken überkreuzt hatte und auf den Absätzen wippte.

»Ich verstehe vollkommen«, sagte Alex. »Kann ich gehen?«

Ackridge lachte, ein kurzes, scharfes Bellen. »Gehen? Mein Gott, ich würde mich freuen, wenn Sie endlich verschwinden würden.«

Colin stieg aus dem Auto, ließ Alex hineinschlüpfen, dann folgte er ihm, schlug die Tür zu und sperrte das Schloß ab. »Und?«

Alex umklammerte das Lenkrad, so fest er konnte, und betrachtete seine weiß hervortretenden Knöchel. »Captain Ackridge ist der Meinung, daß ich Drogen genommen und mir die ganze Sache nur eingebildet habe.«

»Oh, großartig.«
»Oder daß vielleicht ein paar Jungs aus der Gegend sich mit ihrem Lieferwagen einen Scherz mit uns erlaubt haben. Und wegen uns möchte er ein paar Jungs aus der Gegend nicht ihren Spaß verderben.«
Colin schnallte sich an. »War es wirklich so schlimm?«
»Ich glaube, er hätte mich ins Gefängnis gesperrt, wenn du nicht gewesen wärst«, sagte Doyle. »Er wußte nicht, was er mit einem elfjährigen Jungen anfangen sollte.«
»Was jetzt?« Colin zupfte an seinem Phantom-T-Shirt.
»Wir machen den Tank voll«, sagte Alex, »holen uns etwas zum Essen und fahren so schnell wie möglich nach Reno.«
»Was ist mit Salt Lake City?«
»Darauf verzichten wir«, sagte Doyle. »Ich möchte so schnell wie möglich nach San Francisco – und so weit von unserem Plan abweichen wie möglich, falls der Dreckskerl doch unsere Route kennt.«
»Reno ist nicht gerade hinter der nächsten Ecke«, sagte der Junge, der sich erinnerte, wie groß die Entfernung auf der Karte ausgesehen hatte. »Wie lange werden wir brauchen, um dort anzukommen?«
Doyle studierte die staubige Straße, die ockergelben Gebäude, die sodaverkrusteten Autos. Dies alles waren unbeseelte Objekte ohne eigene gute oder böse Absichten. Dennoch fürchtete und haßte er sie. »Ich könnte uns bis morgen nach Anbruch der Dämmerung nach Reno bringen.«
»Ohne zu schlafen?«
»Ich kann heute nacht sowieso nicht schlafen.«
»Aber das Fahren wird dich ermüden. Einerlei, wie du dich jetzt fühlen wirst, du wirst am Steuer einschlafen.«
»Nein«, sagte Alex, »wenn ich spüre, daß ich einnicke, dann steure ich an den Straßenrand und schlafe fünfzehn oder zwanzig Minuten.«

»Was ist mit dem Irren?« fragte der Junge und deutete mit dem Daumen auf die Straßen hinter ihnen.
»Der platte Reifen wir ihn aufhalten. Es wird nicht leicht sein, den Lieferwagen ganz alleine zu reparieren, ihn hochzuheben . . . Und wenn er wieder fährt, dann wird er kaum die ganze Nacht durchfahren. Er wird sich denken, daß wir unterwegs in einem Motel angehalten haben. Wenn er weiß, daß wir heute nacht in Salt Lake City übernachten wollten – und ich sehe immer noch nicht, *woher* er das wissen sollte –, dann wird er dort sein und nach uns suchen. Diesmal können wir ihm wirklich entkommen.« Er ließ den Motor an. »Das heißt, wenn der T-Bird durchhält.«
»Soll ich eine Route planen?« fragte Colin.
Alex nickte. »Nebenstraßen. Aber Straßen, auf denen wir eine gute Zeit fahren können.«
»Das könnte sogar Spaß machen«, sagte Colin und schlug die Karte wieder auf. »Ein richtiges Abenteuer.«
Doyle sah ihn ungläubig an. Dann las er in den Augen des Jungen etwas wie Verfolgung; es war ein Blick, der seinem eigenen sehr ähnlich sein mußte, und ihm wurde klar, daß Colins Ausspruch reinste Prahlerei gewesen war. Er versuchte, so sehr er konnte, mit dem unglaublichen Streß fertig zu werden – was dem Elfjährigen bemerkenswert gut gelang.
»Du bist wirklich ein toller Bursche«, sagte Doyle.
Colin errötete. »Du auch.«
»Wir zwei sind schon ein Paar.«
»Nicht?«
»Unterwegs ins Unbekannte«, sagte Alex, »ohne mit der Wimper zu zucken. Wilbur und Orville.«
»Lewis und Clark«, gab der Junge grinsend zurück.
»Columbus und . . . Hudson.«
»Abbott und Costello.«

Es mochte nur an den Umständen liegen, aber das hielt Doyle für die komischste Bemerkung, die er seit Jahren gehört hatte. Er lachte Tränen. »Laurel und Hardy«, sagte er, als er aufgehört hatte zu lachen. Er legte den Gang ein und fuhr vom Polizeirevier weg.

Der Lieferwagen war so schwierig zu handhaben wie eine störrische Kuh. Nach einer halben Stunde unablässigen Bemühens bekam Leland die Reifen blockiert und den Wagenheber so weit hochgepumpt, daß er den geplatzten Reifen wechseln konnte. Der Chevy schwankte in dem aus der Wüste wehenden Wind sanft auf seiner Metallkrücke. Und wenn das Mobiliar im Frachtraum unerwartet zur Seite rutschen sollte . . .

Eine halbe Stunde nachdem er angefangen hatte, zog Leland die letzte Schraube des Ersatzrades fest und ließ den Lieferwagen wieder herunter. Als er den geplatzten Reifen in den Wagen wuchtete, dachte er, daß er an der ersten Werkstatt Rast machen und ihn reparieren lassen sollte. Aber . . .

Doyle und der Junge hatten bereits zuviel Vorsprung. Es war zwar richtig, daß er sie heute nacht in Salt Lake City wiederfinden würde, aber er wollte die Möglichkeit nicht vertun, sie hier draußen auf der offenen Straße abzuservieren. Je näher sie San Francisco kamen, desto unsicherer wurde er, was seine Fähigkeit anbelangte, sie aus dem Weg zu schaffen.

Und wenn es ihm nicht gelang, sie zu beseitigen, was würde Courtney dann denken? Courtney war von ihm abhängig. Wenn er den beiden nicht wie geplant den Garaus machte, dann konnten er und Courtney niemals zusammensein, wie sie es wollten.

Daher konnte der Ersatzreifen warten.

Er schlug die Hecktüren des Lieferwagens zu, schloß sie ab

und ging zur Fahrerkabine. Fünf Minuten später raste er mit fünfundneunzig über den flachen, verlassenen Highway.

Detective Ernie Hoval von der Staatspolizei von Ohio aß sein Mittagessen in einem Autobahnrestaurant, das die meisten Polizisten in der Gegend bevorzugten. Die Atmosphäre war ziemlich mies, aber das Essen war gut. Und Polizisten bekamen fünfundzwanzig Prozent Rabatt.
Er hatte sein Sandwich und die Pommes frites fast gegessen, als der magere, klugscheißerische Labortechniker sich auf der anderen Seite der Nische hinsetzte und ihn ansah.
»Macht es Ihnen etwas aus, wenn ich Ihnen Gesellschaft leiste?«
Hoval zuckte zusammen. Es machte ihm etwas aus, aber er zuckte nur die Achseln.
»Ich hätte nie gedacht, daß ein Mann wie Sie auf kaum verhohlene Schmiergelder wie Rabatt in einem Restaurant hereinfällt«, sagte der Techniker und schlug die Speisekarte auf, die die Kellnerin ihm brachte.
»Bin ich auch nicht, als ich angefangen habe«, sagte Hoval und stellte überrascht fest, daß er tatsächlich mit diesem Mann reden wollte. »Aber alle anderen machen es auch . . . Und es gibt sonst nicht viel, das man sich zunutze machen könnte – wenn man ein guter Polizist bleiben möchte.«
»Aha, Sie sind also doch wie wir anderen auch«, sagte der Techniker und tat Hovals Bemerkung mit einer knappen Handbewegung ab.
»Arm.«
Das blasse Gesicht des anderen Mannes runzelte sich zu einem Grinsen, dann gestattete er sich sogar ein leises Lachen. »Wie ist das Sandwich?«
»Gut«, sagte Hoval, der den Mund damit voll hatte.
Der Techniker bestellt eines, ohne Pommes frites, und einen

Kaffee. Als das Mädchen gegangen war, sagte er: »Was macht die Pulham-Ermittlung?«
»Ich bin nicht mehr die ganze Zeit daran«, sagte Hoval.
»Ach?«
»Ich kann nicht viel tun«, erklärte Hoval. »Wenn der Mörder mit dem Automover nach Kalifornien fährt, dann ist er nicht mehr in meinem Gebiet. Das FBI überprüft alle Namen, die sie aus den Unterlagen von Automovern bekommen haben. Sie haben den Kreis der Verdächtigen auf wenige Dutzend reduzieren können. Sieht aus, als würde es noch ein paar Wochen dauern, dann haben sie unseren Mann gefunden.«
Der Techniker runzelte die Stirn, ergriff den Salzstreuer und drehte ihn in seinen knochigen Händen. »Ein paar Wochen, das könnte zu spät sein. Wenn ein Irrer erst einmal durchdreht, dann kann ihn nichts mehr aufhalten.«
»Sind Sie immer noch auf diesem Trip?« Hoval legte sein Sandwich hin.
»Ich glaube, wir haben es mit einem Psychopathen zu tun. Und wenn das so ist, dann wird er in den kommenden Wochen noch ein paar Morde begehen. Vielleicht wird er sich sogar selbst umbringen.
»Dies ist kein Verrückter«, beharrte Hoval. »Es handelt sich um einen politischen Fall. Er wird niemanden mehr umbringen – es sei denn, einen weiteren Polizisten.«
»Sie irren sich«, sagte der Techniker.
Hoval schüttelte den Kopf und nahm einen großen Schluck von seiner Zitronenlimonade. »Ihr herzblutenden Liberalen erstaunt mich immer wieder. Könnt nicht aufhören, nach einfachen Lösungen zu suchen.«
Die Kellnerin brachte den Kaffee des blassen Mannes. Als sie wieder gegangen war, sagte er: »Ich habe in der Gegend meines Herzens noch kein Blut auf meinem Hemd entdeckt.

Und ich bin kein politisch Liberaler. Und ich finde, daß *Ihre* Antwort wesentlich vereinfachender ist als meine.«
»Das ganze Land geht vor die Hunde, und Sie geben allein Psychopathen und Irren die Schuld.«
»Nun«, sagte der Techniker und stellte den Salzstreuer wieder hin, »ich hoffe fast, daß Sie recht haben. Denn *wenn* der Bursche ein Verrückter ist und *wenn* er noch eine oder zwei Wochen auf freiem Fuß ist . . .«

18

Am Freitag morgen um zwei Uhr, sechzehn Stunden nachdem sie Denver verlassen hatten, fühlte sich Alex, als gehörte er in ein Krankenhaus für unheilbar Kranke. Seine Beine waren verkrampft und schwer. Seine Gesäßbacken kniffen und brannten, als stächen Nadeln darin, und sein Rücken tat vom Ansatz der Wirbelsäule bis hinauf zum Kopf weh. Und das war nur der Anfang einer langen Liste von Beschwerden: Er war schweißnaß, zerknittert und schmutzig, da er die Dusche der vergangenen Nacht verpaßt hatte; seine Augen waren blutunterlaufen und wund und brannten; die harten Stoppeln seines Eintagesbartes juckten fürchterlich; sein Mund war pelzig und trocken und schmeckte wie saure Milch; seine Arme schmerzten dumpf, weil er das verdammte Lenkrad Stunde für Stunde, Meile für Meile gehalten hatte . . .

»Bist du wach?« fragte er Colin. Es war dunkel, leise Country-Musik drang aus dem Radio, und der Junge hätte eigentlich schlafen sollen.

»Ich bin wach«, sagte Colin.

»Du solltest versuchen, eine Mütze Schlaf zu bekommen.«

»Ich habe Angst, daß das Auto zusammenbrechen wird«, sagte Colin. »Ich kann nicht schlafen, weil ich mir solche Sorgen mache.«

»Mit dem Auto ist alles in Ordnung«, versuchte Doyle ihn zu beruhigen. »Die Karosserie ist ein wenig verbeult, das ist alles. Es fängt nur deshalb an zu schütteln, wenn wir schneller als fünfundachtzig fahren, weil dann die Lenkung an eingedrücktem Metall streift.«

»Ich mache mir trotzdem Sorgen«, sagte Colin.
»Wir werden am nächstmöglichen Ort anhalten und uns ein wenig frisch machen«, sagte Doyle. »Das brauchen wir beide. Außerdem haben wir fast kein Benzin mehr.«
Am Spätnachmittag des Donnerstags waren sie auf einer Reihe von Nebenstraßen in südwestlicher Richtung durch Utah gefahren, dann waren sie auf die zweispurige Route 21 übergewechselt, die sie wieder nach Nordwesten führte. Der rasche Wüstensonnenuntergang war gekommen und schnell von einem feurigen Orangerot zu feierlichem Purpur und dann zu Schwarz gedunkelt. Sie waren immer noch weitergefahren, nach Nevada, wo sie auf die Route 50 überwechselten, der sie von einem Ende des Silberstaates bis zum anderen folgen wollten.
Kurz nach zehn Uhr machten sie eine Pause, um zu tanken und Courtney von einer Telefonzelle aus anzurufen. Sie gaben vor, in ihrem Motelzimmer zu sein, denn Alex sah keinen Grund dazu, sie jetzt zu ängstigen. Sie hatten eine schlimme Prüfung hinter sich, aber jetzt war wahrscheinlich alles vorbei. Sie hatten ihren Verfolger abgeschüttelt. Es bestand keine Veranlassung dazu, daß sie sich Sorgen machte. Sie konnten ihr alles erzählen, wenn sie schließlich in San Francisco waren.
Von Donnerstag nacht zweiundzwanzig Uhr dreißig bis Freitag morgen zwei Uhr fuhren sie durch eine Landschaft, die einst das Herz des romantischen Wilden Westens gewesen war. Unwirtliche Sandflächen lagen dunkel und verlassen rechts und links des Highways. Harte, kahle Berge stiegen ohne Vorankündigung steil empor und fielen ebenso unvermittelt wieder ab; auch wenn sie seit Jahrtausenden hier stehen mochten, wirkten sie fehl am Platze. Kakteen ragten auf beiden Straßenseiten auf, gelegentlich liefen Kaninchen im gelben Schein der Lichter über den Asphalt.

Wenn die Reise anders verlaufen wäre, wenn sie nicht zweitausend Meilen lang von einem Wahnsinnigen verfolgt worden wären, dann hätte Nevada vielleicht ein Vergnügen sein können, eine Möglichkeit, sich der Nostalgie und einigen von Colins Spielen hinzugeben. Aber jetzt war es langweilig, lediglich ein Hindernis auf dem Weg nach San Francisco, das sie überwinden mußten.

Um zwei Uhr dreißig hielten sie bei einer Tankstelle mit einem Restaurant, das rund um die Uhr geöffnet hatte. Während der Thunderbird Benzin und Öl bekam, ging Colin in den Waschraum und machte sich für die nächste lange Etappe der Marathonfahrt bereit. Im Restaurant bestellten sie Hamburger und Pommes frites. Während diese brutzelten, begab sich Alex in den Waschraum, um sich zu rasieren und sich das Gesicht zu waschen.

Und um zwei Aufputschtabletten zu nehmen.

Er hatte zuvor in dieser Nacht ein Päckchen gekauft, in der Tankstelle, an der sie gehalten hatten, bevor sie Utah hinter sich ließen. Colin war im Auto gewesen und hatte nichts von dem Kauf mitbekommen. Alex wollte nicht, daß der Junge von den Tabletten erfuhr. Colin war ohnedies schon nervöser, als gut für ihn war. Wenn der Junge mitbekam, daß Doyle trotz seiner Beteuerung fast hinter dem Steuer einschlief, würde das alles nur noch schlimmer machen.

Er betrachtete sein Spiegelbild in dem geborstenen Spiegel über dem schmutzigen Waschbecken und verzog das Gesicht. »Du siehst schrecklich aus.«

Das Spiegelbild blieb stumm.

Sie passierten die Ausfahrt nach Reno und blieben auf der Route 50, bis sie ein Motel östlich von Carson City gefunden hatten. Es war ein schäbiges Hotel, das schon halb verfallen wirkte. Aber sie hatten beide nicht die Energie, noch weiter zu suchen. Die Uhr am Armaturenbrett zeigte auf halb neun – mehr als zweiundzwanzig Stunden, seit sie Denver verlassen hatten.

Als sie in ihrem Zimmer waren, warf sich Colin sofort auf das Bett. »Weck mich in sechs Monaten«, sagte er.

Alex ging ins Bad und machte die Tür zu. Er frischte mit dem Elektrorasierer seine Rasur von vor sechs Stunden auf, putzte sich die Zähne und duschte heiß. Als er wieder ins Zimmer kam, war Colin eingeschlafen; der Junge hatte sich nicht einmal die Mühe gemacht, sich auszuziehen. Doyle zog frische Kleidung an, dann weckte er ihn.

»Was ist denn?« fragte der Junge, der fast vom Bett gesprungen wäre, als Doyle ihn an der Schulter berührte.

»Du kannst noch nicht schlafen.«

»Warum nicht?« Colin rieb sich das Gesicht.

»Ich gehe weg. Und da ich dich nicht alleine hier zurücklassen will, wirst du wohl oder übel mitkommen müssen.«

»Weg? Wohin?«

Alex zögerte kurz. »Eine . . . eine Waffe kaufen.«

Jetzt war Colin plötzlich hellwach. Er stand auf und strich sein Phantom-T-Shirt glatt. »Glaubst du wirklich, daß wir eine Waffe brauchen? Glaubst du, der Mann im Lieferwagen . . .«

»Er wird wahrscheinlich nicht wieder auftauchen.«

»Dann . . .«

»Ich habe gesagt, er wird *wahrscheinlich* nicht wieder auftauchen. Aber ich weiß einfach nicht mehr . . . Ich habe die ganze Nacht darüber nachgedacht, durch ganz Nevada, und jetzt bin ich mir überhaupt nicht mehr sicher.« Er strich sich selbst über das Gesicht, gleichsam um die Müdigkeit wegzuwischen.

»Und wenn ich ziemlich sicher bin, daß wir ihn abgehängt haben – nun, dann muß ich an ein paar Leute denken, denen wir unterwegs begegnet sind. Den Tankwart bei Harrisburg. Die Frau im Lazy Time Motel. Ich muß an Captain Ackridge denken . . . Ich weiß nicht. Ich finde nicht, daß diese Leute gefährlich sind. Sie repräsentieren lediglich etwas, das gerade geschieht . . . Nun, ich finde, wir sollten eine Pistole kaufen, um sie zu Hause in San Francisco aufzubewahren und weniger um uns während dieses letzten Abschnitts der Reise zu verteidigen.«

»Warum kaufst du sie dann nicht in San Francisco?«

»Weil ich glaube, daß ich besser schlafen kann, wenn ich sie jetzt habe«, sagte Alex.

»Aber ich dachte, du bist Pazifist.«

»Bin ich auch.«

Colin schüttelte den Kopf. »Ein Pazifist, der eine Waffe trägt?«

»Es geschehen täglich seltsamere Dinge«, erwiderte Doyle.

Ein paar Minuten nach elf Uhr, eineinhalb Stunden nachdem sie weggegangen waren, kamen Doyle und der Junge ins Motelzimmer zurück. Alex machte die Tür zu und sperrte damit die unerträgliche Wüstenhitze aus. Er drehte den Schlüssel um und legte die Kette vor die Tür. Er probierte am Knopf, aber dieser ließ sich nicht drehen.

Colin nahm das kleine, schwere Pappkartonpäckchen zum Bett und setzte sich damit. Er hob den Deckel und betrachtete die Pistole Kaliber .32 und die Munition. Er war im Auto geblieben, als Doyle sie gekauft hatte, und er hatte sie während der kurzen Fahrt zurück nicht aus dem Päckchen nehmen dürfen. Er sah die Waffe jetzt zum erstenmal. Er machte ein Gesicht, als hätte er in eine Zitrone gebissen. »Du hast gesagt, der Mann im Geschäft hätte sie als Damenwaffe bezeichnet.«

»Ganz recht«, sagte Doyle, setzte sich auf die Bettkante und

zog die Schuhe aus. Er wußte, daß er keine Minute mehr wach bleiben konnte.
»Warum hat er das gesagt?«
»Verglichen mit einer Kaliber .45 hat sie weniger Rückstoß, geringere Reichweite und ist nicht so laut. Es ist die Art Pistole, die normalerweise von Frauen gekauft wird.«
»Hattest du Schwierigkeiten, sie zu kaufen, wo du doch nicht aus dem Staat bist und so weiter?«
Doyle streckte sich auf dem Bett aus. »Nein. Im Grunde genommen war es sogar verdammt leicht.«

19

Am Freitag nachmittag fuhr George Leland durch die Wüste von Nevada in Richtung Reno, und seine Augen brannten vor Schmerzen, wenngleich die Sonnenbrille, die er trug, dem grellen Sand einen Großteil seiner Blendkraft nahm. Er fuhr keine gute Zeit. Es gelang ihm nicht, sich auf das Fahren zu konzentrieren.
Seit den besonders schweren Kopfschmerzen, die er am frühen Donnerstag morgen hatte, als er hinter Alex Doyle hergewesen war und diesen mit einer Gärtneraxt verfolgt hatte, stellte Leland fest, daß seine Gedanken ständig abschweiften und er fast keine Kontrolle mehr darüber hatte. Es gelang ihm nicht, sich länger als fünf Minuten hintereinander auf etwas Bestimmtes zu konzentrieren. Sein Verstand sprang von einem Thema zum nächsten wie ein Film mit rasend schnell geschnittenen Einstellungen.
Hin und wieder schreckte er aus einem Tagtraum hoch und war überrascht festzustellen, daß er sich hinter dem Steuer eines Lieferwagens befand. Er war Meile für Meile gefahren,

während sein Verstand anderswo gewesen war . . . Offenbar aber war ein Teil seiner Aufmerksamkeit *doch* auf die Straße vor ihm und den Verkehr rings um ihn herum gerichtet; aber es war nur ein sehr kleiner Teil. Hätte er sich auf einem dichtbefahrenen Highway befunden und nicht hier im flachen, einsamen, offenen Land, dann hätte er den Lieferwagen zweifellos während eines dieser Tagträume zu Schrott gefahren.

Courtney war ständig bei ihm, in und außerhalb der Träume. Jetzt, da er wieder die sandgesäumte Straße vor sich sah und die Wirklichkeit des Chevrolet spürte, der unter ihm vibrierte und ächzte, saß sie nur Zentimeter von ihm entfernt auf dem Beifahrersitz und hatte die langen schlanken Beine angezogen.

»Gestern hatte ich sie fast«, sagte Leland zerknirscht. »Aber diese verdammten abgefahrenen Reifen . . .«

»Schon gut, George«, sagte sie, nahe und dennoch fern.

»Nein, Courtney. Ich hätte sie beseitigen sollen. Und . . . als ich gestern nacht in dem Motel in Salt Lake City nachgesehen habe, *da waren sie nicht da.*« Das verwirrte ihn ungemein. »In seinem Notizbuch stand, daß sie im Highlands Motel in Salt Lake City übernachten würden. Was ist mit ihnen passiert?«

Sie schien es nicht zu wissen, denn sie antwortete nicht.

Leland wischte sich die linke Hand an der Hose ab, während er mit der rechten fuhr, dann wiederholte er die Geste und lenkte dabei mit der linken. »Ich habe in allen Motels in der Nähe des Highways nachgesehen. Sie waren in keinem davon. Ich habe sie verloren. Irgendwie sind sie mir entwischt.«

»Du wirst sie wiederfinden.« Er hatte gehofft, daß sie verständnisvoll sein und ihm gut zureden würde. Die reizende Courtney. Auf Courtney konnte man sich immer verlassen.

»Vielleicht.« Er blinzelte in die welligen Hügel und Dünen und zu den fernen blauen und rosa Bergen. »Aber wie? Und wo?« Er hoffte, sie wüßte eine Antwort darauf.

Sie wußte. »Natürlich in San Francisco.«

»San Francisco?«

»Du hast meine Adresse dort«, sagte Courtney. »Und dorthin fahren sie doch, oder nicht?«

»Ja«, sagte er. »Zweifellos.«

»Na also.«

»Aber . . . Vielleicht kann ich sie heute nacht in Reno erwischen.«

Das liebreizende ätherische Mädchen mit der sanften Stimme sagte: »Sie werden wieder das Motel wechseln. Du wirst sie nicht finden.«

Er nickte. Das stimmte.

Dann entfernte er sich eine Weile von ihr. Jetzt war er nicht mehr in Nevada, sondern in Philadelphia. Vor drei Monaten. Er war in die Stadt gegangen, um sich einen Film anzusehen, der unterhaltend war und der . . . Nun, das Mädchen, das darin mitspielte, hatte Courtney so ähnlich gesehen, daß er in dieser Nacht nicht schlafen konnte. Er hatte sich den Film am darauffolgenden Abend noch einmal angesehen und den Plakaten im Vorraum entnommen, daß es sich bei der Schauspielerin, die ihn so sehr faszinierte, um Carol Lynley handelte. Aber das hatte er bald vergessen. Er hatte sich den Film Abend für Abend angesehen, und sie war zur *echten* Courtney geworden. Sie war perfekt. Langes hellblondes Haar, elfenhafte Züge, Augen, die ihn zu durchbohren schienen . . . Allmählich, während er den Film zum sechsten-, siebten-, achten- und neuntenmal ansah, erwachte neues sexuelles Verlangen in ihm – was seltsam war, denn der Film war jugendfrei. Schließlich jedoch war er durch Bars gezogen und hatte ein Mädchen aufgerissen. Er hatte es mit ihr gemacht . . . Aber sie hatte Courtney überhaupt nicht ähnlich gesehen. Danach, als er erschöpft auf ihr gelegen hatte, hatte er in ihr Gesicht gesehen und festgestellt, daß sie nicht Courtney war, und er war wütend geworden. Ihm war, als wäre er betrogen worden. Sie hatte ihn enttäuscht. Und daher hatte er angefangen, sie zu schlagen, hatte seine harten Fäuste immer wieder in ihr Gesicht gerammt, bis . . .

Er sah blinzelnd den blauen Himmel, den weißen Sand, die schwarzgraue Straße. »Nun«, sagte er zu dem Mädchen auf dem Sitz neben sich. »Ich denke, wir werden Reno auslassen. Sie werden sowieso nicht im geplanten Motel übernachten. Ich werde direkt nach Frisco durchfahren.«

Das goldene Mädchen lächelte.

»Nach Frisco durchfahren«, wiederholte Leland. »Dort werden sie mich nicht erwarten. Sie werden auf nichts vorbereitet sein. Ich kann sie mühelos aus dem Weg schaffen. Und dann können wir wieder zusammensein. Nicht?«

»Ja«, antwortete sie, genau wie er es wollte.

»Wir werden wieder zusammen glücklich sein, nicht?«

»Ja.«

»Du wirst dich wieder von mir anfassen lassen.«

»Ja, George.«

»Mich mit dir schlafen lassen.«

»Ja.«

»Mit mir leben?«

»Ja.«

»Und die Leute werden aufhören, garstig zu mir zu sein.«

»Ja.«

»Du mußt dir keine Sorgen machen, daß ich dir weh tun werde, Courtney«, sagte er. »Als du mich verlassen hast, da wollte ich dir weh tun. Ich wollte dich umbringen. Aber jetzt nicht mehr. Wir werden wieder zusammensein, und ich werde dir um nichts in der Welt weh tun.«

20

Courtney nahm den Hörer nach dem ersten Läuten ab, und sie war noch aufgekratzter als sonst. »Ich habe auf deinen Anruf gewartet«, sagte sie. »Ich habe gute Neuigkeiten.«
Alex freute sich auf gute Neuigkeiten, besonders wenn sie ihm von ihrer warmen, kehligen Stimme mitgeteilt wurden.
»Und das wäre?«
»Ich habe den Job bekommen, Alex!«
»Bei dem Magazin?«
»Ja!« Sie lachte in den Hörer, und er konnte sich fast vorstellen, wie sie dastand, den goldenen Haarschopf zurückgeworfen und den straffen Hals entblößt. »Ist das nicht herrlich?«
Ihr Glück machte fast alles wieder wett, was in den zurückliegenden Tagen schiefgegangen war. »Bist du ganz sicher, daß es das ist, was du wolltest?«
»Es ist besser als das, was ich wollte!«
»Also werden du und Colin in kürzester Zeit alteingesessene San Franciscoer sein – und ich werde mir einen Monat freinehmen müssen, damit ich mit euch mithalten kann.«
»Weißt du, wie die Bezahlung ist?«
»Zehn Dollar die Woche?« fragte er.
»Ernsthaft.«
»Fünfzehn?«
»Achttausendfünfhundert jährlich. Für den Anfang.«
Er pfiff durch die Zähne. »Nicht schlecht für deinen ersten professionellen Job. Aber paß auf, du bist nicht die einzige mit guten Neuigkeiten.«
»Ach?«
Doyle sah Colin an, der sich mit ihm in die Telefonzelle gezwängt hatte, und er bemühte sich, nicht wie ein Lügner zu klingen, als er ihr die Lüge erzählte. »Wir sind vor ein

paar Minuten in Reno angekommen.« Tatsächlich waren sie überhaupt nicht nach Reno gefahren, sondern nach Carson City. Und sie waren früh an diesem Morgen angekommen, es war erst Minuten her. Sie hatten den ganzen Nachmittag hindurch geschlafen, hatten sogar das Abendessen ausfallen lassen und waren gegen neunzehn Uhr dreißig aufgewacht, vor etwas mehr als einer Stunde. »Keiner von uns ist müde«. Das stimmte, auch wenn er nicht erklären wollte, warum keiner von ihnen müde war, da sie eigentlich nicht den ganzen Tag in einem Motel hätten dösen sollen. »Es sind noch etwa zweihundertfünfzig Meilen bis San Francisco, daher . . .«

»Du kommst heute nacht nach Hause?«

»Wir dachten, wir könnten es wagen.«

»Hör zu, wenn ihr müde seid, dann schlaft.«

»Wir sind nicht müde.«

»Auf einen Tag kommt es nicht an«, sagte sie. »Fang kein großes Rennen an, um die Reise hinter dich zu bringen. Wenn du am Steuer einschläfst . . .«

»Dann wirst du einen wertvollen Thunderbird verlieren und dafür eine erhebliche Versicherungssumme kassieren«, beendete er ihren Satz.

»Das ist nicht komisch.«

»Nein, wirklich nicht. Tut mir leid.« Er wußte, er war nur deshalb so gereizt, weil er sie nicht belügen wollte. Er kam sich billig und irgendwie schmutzig vor, auch wenn er sie nur deshalb belog, um ihr unnötige Sorgen zu ersparen.

»Bist du sicher, daß du dich dazu imstande fühlst?«

»Ja, Courtney.«

»Dann werde ich das Bett warm halten.«

»*Dazu* werde ich mich wahrscheinlich nicht imstande fühlen.«

»Du wirst«, sagte sie. Sie lachte wieder, diesmal weicher. »Du bist *immer* dazu imstande.«

»Schlechter Witz«, sagte er. »Schlechter Witz.«
»Aber einer, der einfach hierher paßte. Also . . . wann kann ich mit dir und dem Wunderkrümel rechnen?«
Doyle sah auf die Armbanduhr. »Es ist jetzt Viertel vor zehn. Laß uns fünfundvierzig Minuten Zeit fürs Abendessen . . . Wir dürften so gegen drei Uhr morgens ankommen, wenn wir uns nicht *zu* sehr verfahren.«
Sie gab ihm einen lautstarken Schmatz durchs Telefon. »Bis drei, Liebling.«

Um elf Uhr passierte George Leland ein Schild, auf dem stand, wie viele Meilen noch bis San Francisco zu fahren waren. Er sah auf den Tacho und stellte einige Berechnungen an. Damit war er nicht so schnell, wie er es früher gewesen wäre. Die Zahlen waren schlüpfrig. Er schien nicht einmal mehr wie ein Drittkläßler addieren zu können. Und er war seiner selbst nicht so sicher wie früher, denn er mußte dreimal nachrechnen, bis er überzeugt war, daß es stimmte.
Er betrachtete das schimmernde goldene Mädchen neben sich. »Wir werden gegen ein Uhr bei dir sein. Vielleicht ein Uhr dreißig«, sagte er.

21

Courtney sammelte den Müll zusammen, der sich beim Umziehen und dem Empfang der neuen Möbel angesammelt hatte – leere Verpackungskisten aus Holz, Pappkartons, Berge zerrissener Zeitungen, Plastik- und Papierverpackungen, Draht, Seil, Schnur –, und verstaute alles im Gästezimmer, das noch nicht möbliert war. Es war ein ziemlich großer und unansehnlicher Müllberg in der Mitte des Teppichs. Sie ging wieder in die Diele und machte die Tür hinter dem Müll zu. Na also. Jetzt würden sie ihn bis Montag nicht mehr sehen und nicht mehr daran denken müssen, aber dann würde es notwendig sein, die ganze Halde anderswohin zu verlagern, um Platz für die Möbel des Gästezimmers zu machen. Sie vermutete, daß das ein wenig so war, als würde man Schmutz unter den Teppich kehren. Aber was war daran schlimm, solange niemand den Teppich hob und darunter sah?

Sie ging zurück in ihr Schlafzimmer, wo sie unter der Tür stehenblieb und es betrachtete. Schminktisch, Kommode, Nachttischchen und Bett bestanden aus demselben dunkelbraunen Holz, das aussah, als wäre es von Hand geschnitzt und poliert worden. Auf dem Boden lag dunkelbrauner Filz. Bettdecke und Vorhänge waren aus schwerem goldenem Samt, der fast so weich und honigfarben wirkte wie ihre eigene Haut, wenn sie eine schöne Bräunung hatte. Alles in allem, dachte sie, war es ein verdammt sexy Zimmer.

Natürlich hing die Bettdecke nicht vollkommen gleichmäßig um das ganze Bett herum. Und auf dem Schminktisch stand ein Durcheinander von Parfum- und Make-up-Flaschen. Vielleicht sollte auch der große Spiegel poliert werden . . . Aber diese Dinge waren es, die es zu einem Courtney-Doyle-Zimmer machten. Sie hinterließ ihre Zeichen minimaler, beiläufiger Unordnung überall, wo sie lebte.

»Bedenke«, hatte sie Alex in der Nacht vor ihrer Hochzeit gewarnt, »du bekommt keine gute Haushälterin.«

»Ich will keine Haushälterin«, hatte er erwidert. »Verdammt, ich könnte Haushälterinnen im Dutzend einstellen!«

»Und ich bin keine besonders gute Köchin.«

»Wozu hat Gott Restaurants geschaffen?« hatte er gefragt.

»Und«, hatte sie hinzugefügt und angesichts ihrer offensichtlichen Faulheit und Schlampigkeit selbst die Stirn gerunzelt, »ich lasse die Wäsche normalerweise so lange liegen, bis ich entweder waschen oder neue Kleidung kaufen muß.«

»Courtney, was meinst du, weshalb hat Gott chinesische Wäschereien erfunden, hm?«

Als sie sich an diese Unterhaltung erinnerte, wie sie in Gelächter ausgebrochen waren und gekichert hatten, bis sie sich umarmten und wie alberne Kinder auf dem Boden wiegten, lächelte sie, ging zu ihrem neuen Bett hinüber, setzte sich darauf und erprobte die Sprungfedern.

Eigentlich hatte sie sie schon einmal ausprobiert. Sie hatte sich aller Kleidungsstücke entledigt und war auf der Matratze herumgehüpft, genau so, wie sie es Alex am Telefon erzählt hatte. Zu dem Zeitpunkt war ihr das als großartiger Einfall erschienen. Aber die Übung und die kühle Luft auf ihrer bloßen Haut hatten sie mit sexuellem Verlangen erfüllt. In dieser Nacht hatte sie kaum einschlafen können, so sehr hatte sie ihn gewollt. Sie dachte immerzu an Alex, wie es mit ihm war, dachte daran, wie perfekt sie zusammenpaßten und daß es mit ihm im Bett anders war als mit allen, die sie vor ihm gekannt hatte.

Und sie paßten in vieler Hinsicht zusammen, nicht nur im Bett. Sie mochten dieselben Bücher, dieselben Filme und für gewöhnlich auch dieselben Leute. Wenn es stimmte, daß Gegensätze sich anzogen, dann zog sich Gleiches noch viel mehr an.

»Glaubst du, daß wir einander jemals langweilen werden?« hatte sie ihn am Ende ihrer Flitterwochen gefragt.

»Langweilen?« Er hatte ein gewaltiges Gähnen vorgetäuscht.

»Ernsthaft.«

»Wir werden uns nicht eine Minute langweilen.«

»Aber wir sind so ähnlich, so . . .«

»Mich langweilen nur drei Arten von Leuten«, hatte er gesagt. »Erstens: jemand, der nur über sich selbst sprechen kann. Und du bist keine Egomanin.«

»Zweitens?«

»Jemand, der überhaupt nichts reden kann. Solche Leute langweilen mich zu Tode. Aber du bist eine intelligente, aktive, aufregende Frau, die immer etwas in der Rückhand hat. Du wirst immer etwas zu sagen haben.«

»Drittens?«

»Die Person, die mich am meisten langweilt, ist die, die nicht zuhört, wenn ich über mich selbst rede«, sagte Alex halb im Ernst, aber er versuchte gleichzeitig auch, sie ein wenig zum Lachen zu bringen.

»Ich werde immer zuhören«, sagte sie. »Ich höre gerne, wenn du von dir sprichst. Du bist ein faszinierendes Thema.«

Während sie nun auf dem Bett saß, auf dem sie heute nacht gemeinsam liegen würden, wurde ihr klar, daß das gegenseitige Zuhören die Hauptsache war, weshalb ihre Beziehung so gut funktionierte. Sie wollte ihn kennenlernen, und er wollte sie völlig verstehen. Er wollte wissen, was sie dachte und tat, und sie wollte ein Teil von allem sein, was ihn betraf. Wenn man genauer darüber nachdachte, dann waren sie vielleicht gar keine Duplikate, sondern konnten deshalb ihre jeweiligen Ansichten so gut verstehen und letztendlich teilen, weil sie einander zuhörten. So halfen sie sich gegenseitig, ihren Horizont zu erweitern und zu wachsen.

Die Zukunft schien so vielversprechend zu sein, und sie war so glücklich, daß sie sich selbst umarmte, ein unbewußter Ausdruck von Zufriedenheit und Freude, den Colin, ohne daß sie es wußte, von ihr übernommen hatte.

Es läutete unten.

Sie sah auf die Uhr neben dem Bett: zehn Minuten nach zwei.

Konnten sie eine Stunde früher dasein? Konnte er die Dauer der Reise so sehr überschätzt haben?

Sie sprang vom Bett auf und eilte in die Diele hinunter, wobei sie zwei Stufen auf einmal nahm. Die Aussicht entzückte sie, sie bei sich zu haben und ihnen jede Menge Fragen über die Reise zu stellen, aber . . . Gleichzeitig war sie ein wenig wütend. Hatte er lediglich die Zeit falsch eingeschätzt, die sie brauchten, um von Reno hierher zu gelangen? Oder hatte er alle Geschwindigkeitsbegrenzungen überschritten, um herzukommen? Und wenn er es getan hatte . . . Wie konnte er ihre Zukunft riskieren, nur um eine Stunde bei einer fünftägigen Reise herauszuschlagen? Als sie vor der Eingangstür stand, war sie fast ebenso wütend wie erfreut darüber, daß sie endlich daheim waren.

Sie zog die Kette weg und öffnete die Tür.

»Hallo, Courtney«, sagte er und berührte sanft ihr Gesicht.

»George? Was machst du denn hier?«

22

Bevor sie sich umdrehen und weglaufen konnte, bevor sie überhaupt begreifen konnte, daß seine Anwesenheit etwas Bedrohliches hatte, packte er sie mit eisernem Griff am Arm und ging mit ihr zu dem spanischen Sofa, wo er sich neben sie setzte. Er sah sich in dem Raum um, nickte und lächelte.
»Schön. Hier wird es mir gefallen.«
»George? Was . . .«
Ohne ihren Arm loszulassen, berührte er ihr Gesicht, strich die feine Linie ihres Kiefers nach. »Du bist so schön«, sagte er.
»George, warum bist du hier?« Sie hatte ein wenig Angst, aber keineswegs besonders stark. Sein Erscheinen hier ergab keinen Sinn, aber das war kein Grund für sie, die Fassung zu verlieren.
Er ließ seine Hand über ihren Hals gleiten, fühlte mit den Fingerspitzen ihren Puls, dann ließ er die Hand sinken und umfaßte eine ihrer schweren, von keinem BH gehaltenen Brüste. »So schön wie immer«, sagte er.
»Bitte. Faß mich nicht so an«, sagte sie. Sie versuchte, sich aus seinem Griff zu befreien.
Er hielt sie fest, und seine freie Hand liebkoste sie. Jetzt streichelte er ihre andere Brust. »Du hast gesagt, du würdest dich wieder von mir anfassen lassen.«
»Was meinst du?« Seine Finger gruben sich jetzt so tief in ihren Arm, daß sich stechende Schmerzen in ihrer Schuler ausbreiteten.
»Du hast gesagt, du würdest mich wieder mit dir schlafen lassen.« Seine Stimme war leise und verträumt. »Wie früher.«
»Nein. Das habe ich nie gesagt.«
»Doch, Courtney, das hast du.«

Sie sah in seine dunkel umrandeten, blutunterlaufenen Augen, in die leicht schielenden blauen Ringe, und sie erlebte zum erstenmal in ihrem Leben eine Angst, die ausschließlich Frauen vorbehalten ist. Sie wußte, er würde vielleicht versuchen, sie zu vergewaltigen. Und sie wußte, selbst so abgemagert, wie er aussah, würde er noch kräftig genug sein, es zu tun . . . Aber war es nicht lächerlich, sich so vor ihm zu fürchten? War sie nicht unzählige Male mit ihm im Bett gewesen, bevor er angefangen hatte, sich zu verändern? Was also hatte sie zu fürchten? Aber sie wußte es. Es war nicht der Sex, den sie fürchtete. Es war die Gewalt, das Potential der Brutalität, die Demütigung und das Gefühl, *benützt* zu werden. Sie wußte nicht, wie er hierhergekommen war und wie er ihre Adresse erfahren hatte. Sie kannte seine Umstände und Absichten nicht. Aber das alles spielte jetzt keine Rolle. Momentan war nur wichtig, ob er sie vergewaltigen würde oder nicht. Sie fühlte sich schwach, hilflos und unterdrückt. Sie war in ihrem Inneren kalt und hohl und zitterte angesichts der Vorstellung, das Kommende erdulden zu müssen.

»Du solltest besser nicht mehr lange hierbleiben«, sagte sie und verachtete sich selbst, weil ihre Stimme so sehr zitterte. »Alex wird in ein paar Minuten hiersein.«

Leland lächelte. »Selbstverständlich wird er das. Das *weiß* ich.«

Sie konnte sich nicht vorstellen, was er wollte, was er glaubte erreichen zu können, abgesehen davon, daß er sie auf schnelle, brutale Weise nehmen konnte. »Warum bist du dann hier?«

»Darüber haben wir doch schon gesprochen.«

»Nein. Nein, das haben wir nicht.«

»Aber sicher, Courtney. Du wirst dich doch erinnern. Wir haben uns im Lieferwagen unterhalten. Auf dem Weg hierher. Du und ich. Wir haben uns schon seit ein paar Tagen darüber unterhalten – wie ich sie aus dem Weg schaffen könnte, damit wir wieder zusammensein können.«

Jetzt hatte sie nicht mehr nur Angst. Sie war entsetzt. Er war also schließlich doch übergeschnappt. Was immer mit ihm nicht stimmte – ein körperliches Leiden oder eine seelische Krankheit –, er hatte die Grenze zum Wahnsinn überschritten.

»George, du mußt zuhören. Wirst du mir zuhören?«

»Klar, Courtney. Ich mag deine Stimme.«

Sie erschauerte unwillkürlich. »George, dir geht es nicht gut. Was immer in den vergangenen zwei Jahren mit dir nicht gestimmt hat . . .«

Das Lächeln verschwand aus seinem Gesicht, als er sie unterbrach. »Ich bin vollkommen gesund. Warum beharrst du immerzu darauf, daß ich es nicht bin?«

»Hast du jemals die Röntgenuntersuchung durchführen lassen, die der Arzt . . .«

»Sei still!« sagte er. »Ich will nicht darüber reden!«

»George, wenn du krank bist, dann kann man vielleicht immer noch etwas . . .«

Sie sah den Schlag kommen, konnte ihm aber nicht rechtzeitig ausweichen. Seine große, schwielige Hand traf sie heftig am Kopf. Ihre Zähne klapperten. Sie dachte, daß das ein beinahe komisches Geräusch war . . .

Aber dann strömte Dunkelheit in sie hinein, und sie wußte, daß sie das Bewußtsein verlieren würde. Bewußtlos würde sie noch hilfloser sein. Und plötzlich wurde ihr klar, daß Vergewaltigung möglicherweise ihre geringste Sorge sein mußte. Vielleicht vergewaltigte er sie gar nicht. Vielleicht brachte er sie um.

Sie schrie, oder glaubte, daß sie es tat, dann fiel sie kopfüber in ein Meer von Tinte.

Leland ging zum Lieferwagen und holte die Pistole Kaliber .32, die er beim erstenmal vergessen hatte. Er ging wieder ins Wohnzimmer und blieb neben dem Sofa stehen, wo er sie bewunderte, ihr goldenes Haar und ihre Sommersprossen, die feinen Linien ihres Gesichts.

Warum hatte sie nicht nett zu ihm sein können? Während der ganzen Fahrt durch das Land war sie nett gewesen. Wenn er ihr gesagt hatte, sie sollte aufhören, wegen irgend etwas zu keifen, dann hatte sie sofort aufgehört. Aber jetzt spielte sie wieder das Luder, griff ihn an und versuchte ihm einzureden, daß mit seinem Kopf etwas nicht stimmte. Wußte sie nicht, daß das unmöglich war? Schließlich war es sein Kopf, der ihm vor Jahren alle Stipendien eingebracht hatte. Es war sein überlegener Verstand, mit dessen Hilfe er von der verdammten Farm losgekommen war, weg von der Armut, dem Bibelblättern und dem Gezänk seines Vaters. Er *konnte* gar nicht den Verstand verlieren. Das sagte sie nur, um ihm angst zu machen.

Er steckte ihr den Lauf der Pistole ins Ohr.

Aber er konnte nicht am Abzug ziehen.

»Ich liebe dich«, sagte er zu ihr, wenngleich sie es nicht hören konnte. Er setzte sich neben dem Sofa auf den Boden und fing an zu weinen. Er erwachte aus einem Tagtraum und stellte fest, daß er sie auszog. Während er mit den Gedanken anderswo gewesen war, hatte er ihr den dünnen blauen Pullover ausgezogen, und jetzt machte er sich am Reißverschluß ihrer Jeans zu schaffen. Er hörte damit auf und sah sie an. Ungeachtet der straffen Linie ihrer Brüste sah sie so, nackt oberhalb der Taille, wie ein kleines Mädchen aus. Sie schien verwundbar und schutzbedürftig.

So ging es nicht.

Leland wußte plötzlich, daß, wenn er sie fesselte und auf Eis legte, bis er mit Doyle und dem Jungen abgerechnet hatte,

alles in Ordnung kommen würde. Wenn sie tot waren, dann würde ihr klarwerden, daß sie jetzt nur noch Leland hatte. Und dann konnten sie wieder zusammensein.
Er hob sie so mühelos hoch wie ein Kind, trug sie nach oben und legte sie im Schlafzimmer ins Bett. Dann holte er den Pullover und streifte ihn ihr irgendwie wieder über.
Fünfzehn Minuten später waren ihre Hände und Füße mit einer Schnur zusammengebunden, die er auf dem Müllberg im Gästezimmer gefunden hatte, und ihr Mund war mit einem Streifen Klebeband zugeklebt.
Er saß auf dem Bett und sah ihr in die Augen, als sie diese zitternd aufschlug und ihn erblickte.
»Hab keine Angst«, sagte er.
Sie schrie hinter dem Knebel auf.
»Ich werde dir nichts tun«, sagte er. »Ich liebe dich.« Er berührte ihr langes, seidiges Haar. »Noch eine kleine Weile, dann wird alles gut sein. Wir werden glücklich miteinander leben, weil wir niemanden mehr haben werden außer uns.«

23

»Ist das unsere Straße?« fragte Colin, während der Thunderbird eine steile Straße in Richtung einer Gruppe von Lichtern auf dem Gipfel emporfuhr.
»Ganz recht.«
Hinter einer Insel sauber geschnittener Kirschbäume lag die Dunkelheit des Lincoln Park. Auf der anderen Seite fiel das Land zu den Lichtern der Stadt hin ab und zum glitzernden Kollier des Hafens und der Brücke über die Bucht. Selbst um drei Uhr morgens war der Anblick faszinierend.
»*Das* ist ein Wohnort«, sagte der Junge.

»Gefällt es dir, ja?«
»Besser als Philadelphia.«
Doyle lachte. »Eindeutig.«
»Ist das unser Haus dort oben?« fragte Colin und zeigte auf die einzigen Lichter direkt vor ihnen.
»Ja. Und ein wirklich schönes Grundstück mit vielen großen Bäumen.« Nun, da er zum erstenmal zu diesem Ort heimkehrte, wußte er, daß es jeden Penny wert war, den sie dafür bezahlt hatten, wenngleich der Preis anfangs exorbitant gewirkt hatte. Er dachte an Courtney, die dort wartete. Er erinnerte sich an den Baum vor dem Schlafzimmerfenster, und er fragte sich, ob es ihnen gelingen würde, sich bis zur Morgendämmerung wach zu halten, wenn die Sonne über der blauen Bucht aufgehen würde . . .
»Ich hoffe, Courtney ist nicht zu böse wegen der Lügen, die wir ihr erzählt haben«, sagte Colin, der immer noch über den Stadtrand hinweg zum dunklen Ozean sah. »Wenn ja, dann würde es unsere Heimkehr verderben.«
»Sie wird nicht böse sein«, sagte Doyle, der genau wußte, daß sie es doch sein würde, nur ein bißchen und nur ein paar Minuten. »Sie wird froh sein, daß wir sicher und wohlbehalten wieder da sind.«
Die Lichter des Hauses waren jetzt ganz nahe, aber sein Umriß wurde immer noch von der Mauer der schattenhaften Bäume verborgen, die dahinter aufragten.
Doyle bremste und hielt nach der Einfahrt Ausschau. Er sah sie und bog ein. Tausende kleiner ovaler Steine knirschten unter den Reifen.
Er mußte halb um das Haus herumfahren, bis er den Lieferwagen sah, der vor der Garage parkte.

24

Doyle stieg auf der Beifahrerseite aus dem beschädigten Auto aus und legte eine Hand auf Colins magere Schulter. »Du steigst wieder ein«, sagte er. »Bleib da. Wenn du jemand anderen als mich aus dem Haus kommen siehst, dann steigst du aus und läufst zu den Nachbarn. Die nächsten wohnen unten am Hügel.«

»Sollten wir nicht die Polizei rufen und . . .«

»Dazu ist keine Zeit. Er ist mit Courtney da drinnen.«

Alex spürte, wie sich sein Magen umdrehte, und er dachte, er würde sich übergeben müssen. Bittere Flüssigkeit stieg in seinem Hals hoch, aber er schluckte sie hinunter.

»Noch ein paar Minuten . . .«

»Könnten entscheidend sein.«

Doyle wandte sich von dem Thunderbird ab und eilte über den dunklen Rasen zur Eingangstür, die offenstand.

Wie war das möglich? Wer war dieser Mann, der ihnen folgen konnte, wo immer sie hingingen, der sie einholen konnte, wie sehr sie auch ihre Pläne ändern mochten? Wer, zum Teufel, war er, daß er ihnen vorausfahren und sie hier erwarten konnte? Er schien mehr als nur verrückt zu sein. Er war beinahe übermenschlich, satanisch.

Und was hatte er Courtney angetan? Wenn er ihr in irgendeiner Weise weh getan hatte . . . Alex war zwischen Wut und Entsetzen gefangen. Eine erschreckende Erkenntnis war die Tatsache, daß man auch dann, wenn man den Mut gefunden hatte, der Gewalt entgegenzutreten, diejenigen, die man liebte, nicht beschützen konnte. Mehr noch, man konnte nicht wissen, woher die Gefahr kam, oder in welcher Form.

Er erreichte die Eingangstür, stieß sie auf und trat ein, und erst dann dachte er daran, daß er vielleicht in eine Falle tappte. Plötzlich erinnerte er sich nur zu deutlich an die Listigkeit und Brutalität, die der Wahnsinnige gezeigt hatte, als er mit der Axt hinter ihm hergewesen war . . .

Doyle kauerte sich an die Wand und suchte Deckung hinter einem Telefontischchen, wo er sich bemühte, ein so kleines Ziel wie möglich zu bieten. Er sah sich rasch in der Diele um. Sie war verlassen.

Alle Lichter waren an, aber es war keine Courtney hier. Und kein Wahnsinniger.

Das Haus war sehr still.

Zu still?

Mit dem Rücken zur Wand ging er ins Wohnzimmer und ins Eßzimmer. Der Teppichboden absorbierte das Geräusch seiner Schritte. Aber auch das Eßzimmer war verlassen.

In der Küche waren drei Teller, Messer, Gabeln, Löffel und einige andere Utensilien auf dem rustikalen Tisch ausgebreitet worden. Sie hatte einen nächtlichen Imbiß für sie geplant gehabt.

Doyles Herz schlug schmerzhaft. Sein Atem war so harsch und tief, daß er sicher war, man würde ihn von einem Ende des Hauses bis zum anderen hören können.

Er dachte nur: Courtney, Courtney, Courtney . . .

Das abwärts versetzte Nebenzimmer und die überdachte Rückveranda waren ebenfalls verlassen. Alles war sauber und ordentlich – so sauber und ordentlich die Dinge eben in Courtneys Haus sein konnten. Das mußte ein gutes Zeichen sein. Richtig? Keine Spuren eines Kampfes, keine umgeworfenen Möbel, kein Blut . . .

»Courtney!«

Er hatte vorgehabt, sich ruhig zu verhalten. Aber jetzt schien es schrecklich wichtig zu sein, ihren Namen zu rufen – als wäre das gesprochene Wort eine Zauberformel, die alles heilen konnte, was der Wahnsinnige ihr angetan haben konnte.

»Courtney!«
Keine Antwort.
»Courtney, wo bist du?«
Irgendwo in seinem Verstand wußte Doyle, daß er ruhig bleiben sollte. Er sollte eine Minute still sein und über die Situation nachdenken, noch einmal seine Möglichkeiten durchspielen, bevor er einen weiteren Schritt unternahm. Er leistete weder Courtney noch Colin einen Dienst, wenn er dumm und übereilt handelte und getötet wurde.
Aber da das stumme Haus ihn bedrängte, war er augenblicklich keines vernünftigen Verhaltens fähig.
»Courtney!«
Vornübergebeugt wie ein Soldat, der an einem in Feindeshand befindlichen Strand landet, lief er, zwei Stufen auf einmal nehmend, die Treppe hinauf. Oben angekommen, griff er nach dem Geländer, um sich zu stützen, und atmete keuchend.
Auf dem Flur im zweiten Stock waren alle Türen geschlossen, jede der Deckel eines Überraschungspaketes.
Das Gästezimmer war das nächste. Er ging drei Schritte durch den schmalen Flur und riß die Tür auf.
Einen Augenblick verstand er nicht, was er sah. Kisten, Kartons, Papier und anderer Abfall lagen mitten im Zimmer; eine Müllhalde auf dem schönen neuen Teppichboden.
Er trat einige Schritte über die Schwelle, so sehr verwirrte die Unlogik dessen, was er sah, ihn.
Die belegte, langsame Stimme erklang direkt hinter ihm, hinter der Tür. »Sie haben sie mir weggenommen.«
Alex ließ sich noch im Herumdrehen nach links fallen. Aber es war hoffnungslos. Trotz des Manövers traf ihn die Kugel und warf ihn rückwärts.
Der große, breitschultrige Mann stand lächelnd unter der Tür. Er hatte eine Pistole, die jener ähnelte, die Doyle in

Carson City gekauft hatte – und die er gedankenlos im Auto gelassen hatte, als er sie am dringendsten gebraucht hätte.
Er dachte: Das beweist nur, daß man einen Pazifisten nicht über Nacht in einen Gewalttäter verwandeln kann. Man kann ihn mit Mut vollpumpen, aber man kann ihn nicht dazu bringen, an Waffen zu denken . . .
Es war ein lächerlicher Gedanke, gerade in diesem Augenblick. Daher hörte er auf, darüber nachzudenken.

Als George Leland aus einem Tagtraum über die Farm und seinen Vater erwachte, saß er auf dem Rand von Courtneys Bett. Er streichelte mit einer Hand ihr Gesicht.
Ihr Körper war so steif wie eine Statue, und sie kämpfte gegen ihre Fesseln an. Sie versuchte, hinter dem Klebeband etwas zu sagen, und sie hatte angefangen zu weinen.
»Schon gut«, sagte Leland. »Ich habe ihn aus dem Weg geschafft.«
Sie warf sich hin und her und versuchte, seine Hand abzuschütteln.
Leland betrachtete die Pistole in seiner Hand und dachte daran, daß er nur einmal auf Doyle geschossen hatte. Vielleicht war der Hurensohn gar nicht tot. Er mußte noch einmal zurückgehen und sich vergewissern.
Aber er wollte Courtney nicht verlassen. Er wollte sie noch eine Weile berühren, sogar mit ihr schlafen. Spüren, wie ihre weiche Haut über seine schwieligen Fingerkuppen glitt. Sie genießen. Es genießen, mir ihr zusammenzusein. Sie beide wieder vereint . . . Er legte ihr die Hände auf die Brust und drückte mit genügend Kraft, sie zum Schweigen zu bringen. Er streichelte ihr Gesicht und strich mit den Fingern durch das goldene Haar.
Im Augenblick hatte er Alex Doyle vergessen.
An Colin dachte er überhaupt nicht.

Der Junge hatte den Schuß gehört. Er wurde von den Hauswänden gedämpft, aber das Geräusch war eindeutig gewesen.
Er machte die Tür auf und sprang aus dem Auto. Er lief den halben Weg die Einfahrt hinunter, dann blieb er stehen, weil ihm plötzlich klar wurde, daß er nirgends hingehen konnte. Die Häuser unten wie oben am Hügel blieben dunkel. Offenbar war niemand von dem Schuß geweckt worden.
Okay. Aber er konnte dennoch zu ihnen gehen, sie aufwekken und ihnen sagen, was geschehen war, nicht? Aber noch während er darüber nachdachte, wurde ihm klar, daß es sinnlos war. Er dachte daran, wie Captain Ackridge Alex behandelt hatte. Er wußte zwar, daß die Nachbarn ihnen freundlich gesonnen sein würden, aber er wußte auch, daß sie ihm nicht glauben würden – wenigstens nicht rechtzeitig, um Alex und Courtney zu helfen. Ein elfjähriger Junge? Man würde ihn auslachen, vielleicht beschimpfen. Aber man würde ihm niemals glauben.
Er lief zum Auto zurück, blieb vor der offenen Tür stehen und sah zum Haus. Niemand war herausgekommen.
Beeil dich, sagte er sich. Alex würde nicht zögern. Er ging sofort hinein, um nach Courtney zu sehen, nicht? Möchtest du ein Erwachsener oder ein ängstliches Kind sein?
Er öffnete das Handschuhfach, aus dem er die kleine Kiste mit der Pistole holte. Er nahm die Waffe heraus, legte sie auf den Sitz und kramte nach Munition. Mit seinen elf Jahren hatte er noch nie eine Pistole in der Hand gehabt, aber er fand, daß der Ladevorgang ziemlich einfach aussah. Die Sicherung war mit winzigen Buchstaben gekennzeichnet, die er im spärlichen Licht gerade ausmachen konnte: *Sicherung ein – aus.* Er legte den Schalter auf *aus.*

25

Alex betrachtete die geöffneten Kisten, die zerrissenen Zeitungen und den restlichen Müll ein oder zwei Minuten, bevor ihm klar wurde, wo er sich befand, und er sich erinnerte, was geschehen war. Der Wahnsinnige, diesmal mit einer Pistole . . .

»Courtney?« fragte er leise.

Als er sich bewegte, löste er die Schmerzen aus. Sie kamen in Wellen und bewirkten, daß er sich seltsam schwach und alt fühlte. Er war hoch oben an der linken Schulter getroffen worden, und ihm war buchstäblich so, als hätte jemand Salz in die Wunde gestreut.

Wenigstens hat er das Herz verfehlt, dachte er. Er mußte alle lebenswichtigen Organe verfehlt haben. Aber das war nur ein schwacher Trost.

Er schob eine Hand unter sich und richtete sich auf die Knie, wobei Blut auf den Teppich unter ihm tropfte. Die Schmerzen nahmen zu; die Wellen rasten mit größerer Geschwindigkeit und mehr Wucht durch ihn hindurch.

Er rechnete damit, einen zweiten Schuß zu hören und nach vorne in den Stapel der Kisten und Kartons geschleudert zu werden. Aber er erhob sich dennoch mühsam auf die Beine, drehte sich um und stellte fest, daß die Tür frei war, der Wahnsinnige verschwunden.

Er legte eine Hand auf die verletzte Schulter, wobei Blut zwischen den Fingern hervorquoll, und begann, das Zimmer zu durchqueren. Er stand schon halb im Flur, als ihm einfiel, daß es gut wäre, eine Art Waffe zu haben, bevor er sich auf die Suche nach dem Verrückten machte. Aber was? Er drehte sich noch einmal zu dem Abfallberg um und erblickte genau das, was er brauchte. Er ging zurück und riß eine Latte von einem Meter Länge und sieben Zentimetern Breite aus einer

geborstenen Holzkiste. An einer Seite standen drei lange Nägel vor. Das würde genügen. Wieder wandte er sich zur Tür und durchquerte das Zimmer.
Die acht Schritte kamen ihm wie achthundert vor. Als er sie hinter sich gebracht hatte, mußte er stehenbleiben und sich ausruhen. Seine Brust war gespannt, das Atmen fiel ihm schwer. Er lehnte sich neben der Tür an die Wand, damit er vom Flur aus nicht gesehen werden konnte.
Du mußt schon etwas mehr zeigen als das, sagte er zu sich, während er die Augen schloß, damit er die schwindelerregenden Bewegungen des Zimmers nicht mehr sehen mußte. Auch wenn du ihn findest, wirst du ihn nicht daran hindern können, Courtney und Colin etwas anzutun, wenn er es will. Du *kannst* nicht so schwach sein. Es ist der Schock. Und du bist angeschossen worden. Du blutest. Du leidest unter dem Schock. Das würde jedem so gehen. Aber du mußt es schnell überwinden, sonst kannst du dich gleich hier hinsetzen und langsam verbluten.

Leland zog ihr das Klebeband vom Mund und berührte ihre blutleeren Lippen. »Schon gut, Courtney. Doyle ist tot. Wir müssen uns keine Sorgen um ihn machen. Jetzt stehen nur noch wie beide gegen alle anderen.«
Sie konnte nicht sprechen. Sie war nicht mehr das goldene Mädchen, sondern blaß wie Milch.
»Ich werde dich jetzt aufstehen lassen«, sagte er lächelnd. »Das heißt, wenn du lieb bist. Wenn du dich benimmst, dann werde ich deine Hände und Füße losbinden – damit wir miteinander schlafen können. Würde dir das gefallen?«
Sie schüttelte verneinend den Kopf.
»Aber sicher würde es das.«
Im ersten Stock barst im hinteren Teil des Hauses klirrend eine Fensterscheibe und fiel auf den kahlen Boden.

»Das ist die Polizei«, sagte sie. Sie wußte nicht, wer es war, sie wollte ihm nur angst machen.

Er stand auf, ohne sie loszubinden. »Nein«, sagte er. »Es ist der Junge. Wie konnte ich nur den Jungen vergessen?« Er wandte sich verwirrt vom Bett ab und ging zur Tür.

»Tu ihm nichts!« schrie sie. »Um Gottes willen, laß ihn in Ruhe!«

Leland hörte sie nicht. Er konnte nicht gleichzeitig an zwei Dinge denken. Er mußte den Jungen finden und umbringen, mußte dieses letzte Hindernis zwischen ihm und Courtney beseitigen.

Er verließ das Schlafzimmer und ging den Flur entlang zur Treppe.

Als Alex das Glas unten klirren hörte, dachte er, daß Colin Hilfe geholt haben mußte. Aber dann fiel ihm ein, daß die Eingangstür offenstand. Warum sollten sie sie nicht benützen?

Er wußte sofort, daß der Junge nicht weggegangen war, um Hilfe zu holen. Statt dessen mußte er die Pistole aus dem Handschuhfach genommen haben, die Pistole, an die Doyle nicht gedacht hatte, als es erforderlich gewesen wäre. Colin hatte der offenen Tür mißtraut und war ums Haus herumgeschlichen, um sich Zutritt zu verschaffen. Er kam persönlich, um sie zu retten. Das war eine ausgesprochen tapfere Tat. Aber sie würde ihn das Leben kosten.

Doyle stieß sich in dem Augenblick von der Wand ab, als Courtney schrie, und er wäre vor Überraschung fast über seine eigenen Beine gestolpert. Sie lebte! Natürlich hatte er sich die ganze Zeit eingeredet, daß mit ihr alles in Ordnung sein würde – aber er hatte selbst nicht daran geglaubt. Er hatte damit gerechnet, eine Leiche zu finden.

Er drehte sich gerade rechtzeitig zur Tür um, um zu sehen,

wie der Wahnsinnige die Treppe erreichte und nach unten ging.
Im Schlafzimmer am Ende des Flurs schrie Courtney wieder: »Tu ihm nichts! Bring meinen Bruder nicht auch noch um!«
Auch? Dann glaubte sie, daß ich bereits tot bin, dachte Doyle.
»Courtney!« Es war ihm einerlei, ob der Mann unten ihn hörte. »Mir geht es gut. Colin wird nichts passieren.«
»Alex? Bist *du* das?«
»Ich bin es«, sagte er. Er nahm das Brett in seine unverletzte Hand, trat ans Geländer, und dann eilte er hinter dem Verrückten her die Treppe hinunter.

26

Colin versuchte es an der Küchentür. Sie war verschlossen. Er wollte keine Zeit vergeuden, alle Fenster zu untersuchen, und er wollte nicht durch die Eingangstür gehen, die Alex so vollständig verschluckt hatte. Er zögerte nur eine Sekunde, dann drehte er die Pistole um, hielt sie am Lauf und benutzte den Kolben dazu, eine der großen Glasscheiben in der Tür einzuschlagen.
Er dachte, daß er schnell genug ins Innere gelangen würde, um sich noch rechtzeitig ein gutes Versteck suchen zu können, bevor der Wahnsinnige in die Küche kam. Dann würde er aus seinem Versteck hervorkommen und dem Mann in den Rücken schießen.
Aber er konnte den Riegel nicht finden. Er schob einen Arm durch das Loch, wobei er sich an den steckengebliebenen Glasscherben schnitt, und tastete an der Innenseite der Tür entlang. Aber der Mechanismus des Schlosses entglitt seinen Fingern. Es schien überhaupt kein Riegel dazusein.

Er sah zum anderen Ende der hell erleuchteten Küche, zu der Tür, durch die der Mann kommen mußte.
Wertvolle Sekunden verstrichen, während er lärmend und verzweifelt nach dem unsichtbaren Riegel tastete.
Dann fand er ihn plötzlich. Er schrie auf, schob ihn zurück, stieß die Tür auf und lief mit vorgehaltener Pistole in die Küche.
Bevor er sich ein Versteck suchen konnte, kam George Leland zur Tür herein. Colin erkannte den Mann sofort, wenngleich er ihn seit zwei Jahren nicht gesehen hatte. Aber dieses Wiedererkennen machte ihn nicht untätig. Er richtete die Pistole auf Lelands Brust und betätigte den Abzug.
Der Rückstoß betäubte seinen Arm bis zum Ellbogen hinauf. Leland stürmte wie ein Schnellzug herein und brüllte unartikuliert. Er schwang eine offene Hand und schleuderte den Jungen auf den schimmernden Fliesenboden.
Colins Pistole fiel polternd zwischen Tisch- und Stuhlbeine, wo er sie nicht mehr erreichen konnte. Der Junge wußte, während er zusah, wie die Waffe davonschlitterte, daß sein erster und einziger Schuß sein Ziel verfehlt hatte.

Alex hatte das Eßzimmer halb durchquert und näherte sich dem ungeschützten Rücken des Fremden, als der Schuß in der Küche explodierte. Er hörte den Mann brüllen, sah ihn vorwärts springen. Er hörte Colin kreischen und einen Augenblick später etwas umfallen.
Aber er wußte nicht, wer wen erschossen hatte.
Er rannte die letzten paar Schritte in die Küche und hob das Brett mit den Nägeln über den Kopf.
Colin lag beim Kühlschrank auf dem Boden und versuchte, wieder auf die Beine zu kommen. Zwei Meter entfernt hob der Fremde seine Pistole . . .
Mit einem Aufschrei des Entsetzens und einer Art barbari-

scher Wonne schlug Alex dem Fremden mit aller Kraft das Brett auf den Kopf. Die drei Nägel rissen dem anderen die Kopfhaut auf.
Der Fremde heulte, ließ die Waffe fallen und griff sich mit beiden Händen an den Kopf. Er taumelte zwei Schritte zurück und stieß gegen den schweren, rustikalen Tisch.
Alex schlug wieder zu. Diesmal durchbohrten die Nägel die Hände des Mannes und nagelten sie kurz an den Schädel, bevor Doyle das Brett wieder wegzog.
Der Wahnsinnige drehte sich herum, um seinen Angreifer anzusehen, und dabei hatte er die blutenden Hände schon zur Abwehr des nächsten Schlages erhoben.
Alex sah in die aufgerissenen blauen Augen und erkannte, daß jetzt Vernunft in ihnen lag, etwas Sauberes und Rationales. Der Wahnsinn war vorübergehend von ihm gewichen.
Aber Alex achtete nicht darauf. Er schwang das Brett erneut. Die Nägel streiften den Fremden, rissen ihm das Fleisch auf, zogen drei roten Furchen über eine Wange.
»Bitte«, sagte der Mann, beugte sich über den Tisch zurück und legte schützend die Hände vor das Gesicht. »Bitte! Bitte, aufhören!«
Aber Doyle wußte, wenn er jetzt aufhörte, konnte der Wahnsinn rasch und mit fatalen Folgen in diese Augen zurückkehren. Der große Mann konnte ihn anspringen und sich einen Vorteil verschaffen. Und *er* würde keine Gnade zeigen.
Doyle dachte daran, was der Hurensohn Courtney angetan haben könnte, was er mit Colin gemacht haben würde. Er schlug noch einmal zu. Und noch einmal. Er schlug jedesmal härter und fester zu, hieb dem Mann die Nägel in Arme, Nacken, den Kopf . . . Doyle wimmerte, weil ihm schmerzlich bewußt wurde, daß er jetzt der Wahnsinnige und der Mann auf dem Tisch der Normale geworden war. Aber er

machte dennoch weiter und schlug und schlachtete mit aller Kraft.
Der Fremde fiel zu Boden und schlug sich heftig den Kopf am Boden an. Er sah traurig zu Doyle auf und versuchte, etwas zu sagen. Blut floß ihm aus hundert Wunden, und plötzlich strömte es aus seiner Nase wie aus einem Wasserhahn. Er starb.
Alex stand eine volle Minute über der Leiche und betrachtete, was er angerichtet hatte. Er war benommen. Er empfand nichts, weder Scham, Zorn, Mitleid, gar nichts. Es erschien ihm nicht richtig, daß er einen Menschen getötet hatte und kein Mitleid empfand.
Wogen des Schmerzes breiteten sich wieder von seiner verletzten Schulter aus. Er stellte fest, daß er die Latte mit beiden Händen gehalten hatte, daß er beide Schultern in jeden brutalen Schlag gelegt hatte. Er warf das Holz auf den Leichnam und wandte sich ab.
Colin stand in einer Ecke neben dem Kühlschrank. Er war kalkweiß und zitterte. Er sah kleiner und magerer denn je aus.
»Alles in Ordnung?« fragte Doyle.
Der Junge sah ihn an, brachte aber kein Wort heraus.
»Colin.«
Der Junge schlotterte nur.
Doyle ging einen Schritt auf ihn zu.
Plötzlich schrie Colin auf, rannte los, warf sich gegen Doyle und umarmte den Mann. Er schluchzte hysterisch. Er sah auf, seine Augen glitzerten hinter den dicken Brillengläsern, als er sagte: »Du wirst uns nie verlassen, nicht?«
»Euch verlassen? Natürlich nicht«, sagte Doyle. Er preßte den Jungen fest an sich.
»Sag, daß du uns nie verlassen wirst!« verlangte Colin. Tränen rannen ihm übers Gesicht. Er zitterte so heftig, daß

er nicht stillhalten konnte, so fest Doyle ihn auch drücken mochte. »Sag es! Sag es!«

»Ich werde euch nie verlassen«, sagte Doyle und drückte ihn noch fester. »Mein Gott, Colin, ihr beide seid alles, was ich noch habe. Alles andere habe ich verloren.«

Der Junge weinte an seinem Nacken.

Alex trug Colin aus der Küche hinaus und durch das Eßzimmer, dann weiter zur Treppe. »Wir wollen nachsehen, wie es Courtney geht«, sagte er zu dem Jungen und hoffte, daß seine Stimme ruhig klingen würde.

Was sie nicht tat.

Sie hatten die Treppe zum ersten Stock halb erklommen, als der Junge noch heftiger in Doyles Armen zu zittern begann.

»Sagst du die Wahrheit? Wirst du uns wirklich nie verlassen?«

»Die Wahrheit.« Doyle küßte die tränennasse Nase des Jungen.

»Niemals?«

»Niemals, das habe ich dir doch gesagt . . . Ihr beide seid alles, was ich habe. Alles andere habe ich verloren.«

Alex hielt den Jungen an der Brust, während er weiterging, um nach Courtney zu sehen, und dabei dachte er, eines, was er verloren hatte, war die Fähigkeit, so ungehindert zu weinen wie ein Kind. Und im Augenblick wollte er mehr als alles andere weinen.